一不小心来到了
米其林三星后厨

孙晓闻 —— 著

化学工业出版社
·北京·

因为姗姗来迟的叛逆，丢下电脑，系好围裙，重启人生。在有120多年历史的名校巴黎蓝带修炼厨艺，在米其林三星餐厅开始第一天厨师生涯。你以为的光鲜背后，是刀光剑影和争分夺秒的战场。在塞纳河边生活的日日夜夜，是勇敢的追梦时光。唯敬畏与热爱，方能对抗日复一日的艰苦重复。勇敢向前，一定能到达心中的远方。

图书在版编目（CIP）数据

一不小心来到了米其林三星后厨 / 孙晓闻著． -- 北京：化学工业出版社，2020.3
ISBN 978-7-122-35961-2

Ⅰ.①一… Ⅱ.①孙… Ⅲ.①随笔—作品集—中国—当代 Ⅳ.① I267.1

中国版本图书馆 CIP 数据核字 (2020) 第 025631 号

责任编辑：张　曼　龚风光　　　　装帧设计：颜　禾
责任校对：张雨彤

出版发行：化学工业出版社（北京市东城区青年湖南街 13 号　邮政编码 100011）
印　　装：北京新华印刷有限公司
880mm×1230mm　1/32　印张 8¼　字数 300 千字　2020 年 6 月北京第 1 版第 1 次印刷

购书咨询：010-64518888　　　　售后服务：010-64518899
网　　址：http://www.cip.com.cn
凡购买本书，如有缺损质量问题，本社销售中心负责调换。

定　　价：58.00 元　　　　　　　　　　　　　　　　版权所有　违者必究

1

第一章　34岁重启的人生

23

第二章　巴黎蓝带厨艺学院的修炼
第一节　放下电脑，系好围裙　25
第二节　厨艺学校里暗藏惊喜　61
第三节　料理学徒的日常寻味　91

115
第三章 欢迎来到米其林三星餐厅后厨

第一节　走错了片场的小厨师　117

第二节　真实存在的地狱厨房　136

第三节　宠你，是我们的责任　148

第四节　米其林三星后厨大锅饭　161

第五节　厨房里的小秘密与好时光　176

第六节　光芒后闪闪的初心　184

216
第四章 暂别这一席流动的盛宴

后记　关于人生的多种可能　251

CHAPTER 1

第 一 章

34岁重启的人生

※ 巴黎地图中蓝带所在的区域

第一章 | 34 岁重启的人生

在巴黎的这一年,让我相信,每个人的人设中,都有一个隐藏的重启键。

有一天,当你的内心逐渐清晰你最想要的人生的模样,你就可以找到这个重启键,一旦你坚定了自己的内心,按下它。

2016 年夏天,塞纳河迎来了百年洪水魔咒应验的一刻。那时,我刚刚搬到距离蓝带新校区只有一桥之隔的位于 16 区塞纳河边的新公寓。

每天上学放学都要经过这座米拉波桥,以及触手可及的自由女神像。

一天放学,我走在桥上,扭头看向女神像,突然驻足,趴在栏杆上吹着从宽阔河面而来的风,与女神同一个角度注视着静静流淌的塞纳河。

人们说,世界上每一座伟大的城市都有一条伟大的河流经过。这话以前从没有过切身的体验,因为从没想过有一天,我会生活在河边,每天穿过一条伟大的河流,看她的四季变换。有那么一刻,目光穿过塞纳的河面看向远方的天际时,内心竟升起一种想要守护着她的愿望,仿佛自己的血液也在这朝夕相处的一年时间里融入其中。

※ 每天上学放学经过的自由女神像

※ 温柔至极的塞纳河与铁塔

※ 夏天时，在铁塔旁捡到的一朵云

人生之所以美好,大概就是因为会有这些或早或晚,或偶然或注定的相遇吧。

与法国美食的相遇,与巴黎的相遇,与塞纳河的相遇,就是这样美好的时刻。我在人生的前几十年中,一直在食物世界中寻寻觅觅,却不知道要找什么、想要做什么的时候,自然而然地,"巴黎""蓝带"这两个关键词仿佛从纷繁的背景中跳脱出来,那种明明从未遇见,第一眼却仿佛已经等待了很久的既陌生又熟悉的感觉,像电流一样击中了我。

记不清是从什么时候起,开始对美食感兴趣,很多时候对一样东西着迷,自己可能会浑然不知,因为过于沉浸在其中的时候,是没有办法抽离出来给自己贴标签的。

现在回想起来,只记得,很小的时候,有一次家里买电饭煲,随电饭煲附赠了一本装帧精美的食谱,印象最深刻的是里面有一页食谱是西红柿炒鸡蛋配白米饭。隐约记得那一页的场景,屋内温暖的黄色灯光下,爸爸妈妈下班回家做好晚饭,手上捧着一碗晶莹剔透的小山包一样的米饭以及盖在上面的红红黄黄的西红柿炒蛋。再家常不过的一个食谱，可能是很多人进入厨房后做的第一道菜吧。

然而，在经历了这么多美味后，如今回想起那一页食谱，带给我的却仍是极大的治愈。一碗冒着热气的西红柿炒蛋盖浇饭，爸爸妈妈下班回家后的小团圆，酸酸甜甜的酱汁，看起来油润饱满的米粒，这一幅关于餐桌、关于食物、关于爱的场景，似乎就是我一直在寻找的缘起。

在后来成长的岁月中，虽然一路浑浑噩噩，但逐步形成了对饮食素材的偏好。看书时，看电影时，对于书中、片中描写食物的文字，能在脑海里想象出食物的样子、味道和香气。后来发展到专门去找食物主题的书籍和音像。甚至不管什么剧情，只截取其中一部分烹饪过程来看，尤其爱听做菜时的各种音效，对于烹饪过程的着迷更甚于看着一份已经完成的美味，现在回想起来，那时候沉迷于其中的我看起来一定很馋……对的，我的嘴角边一直都有一颗老人们说的"好吃痣"。

随着时间的流逝，对自我的探索与认知终于走到这个阶段，我开始明白自己对食物似乎有一些癖好。然而此时，我的人生已经按部就班地按照符合那个年代及家庭的需要走过了人生的岔路口，也已经过了那些年少时，有着大把选择权的年纪。在不太自由的岁月里，我仍然在偏好这件事上越走越远，终于从癖好变成了爱好，从爱好最终变成了余生无法放手的深深热爱的事业。

小时候，妈妈不允许我进入厨房，大概是担心我把厨房点了。所以，在我终于拥有了属于自己的厨房后，我简直是欢呼雀跃地变身为系着围裙、手握锅子的快乐小厨娘，下班回到家有时间一定是要满满当当做够三四样菜做晚餐的。后来，随着工作越来越忙碌，工作强度也越来越大，疲惫的加班后回到家根本没有办法开火。慢慢地，对小厨房的热情在日复一日的职场生活中被熄灭了。

可是，对食物、对烹饪的热爱，总是时不时地窜上心头挠一下。

和我一间办公室的同事们应该都记得，午餐时间，我经常是不去食堂吃饭的，一方面是想保持身材，另一方面是因为，午休时间很宝贵，我得看美食纪录片补充下午继续工作的能量啊。路过的同事经常会说："闻子，你是要成仙啊，也不吃饭，就在这儿看做菜。"我从格子间抬起头，茫然地想一下，我没吃饭？可是明明刚才看着美食纪录片，眼睛、鼻子和嘴巴似乎都已经吃过一遍大餐了呢！除了胃里空空，身心已经完全舒坦得好像已经吃了一顿美餐似的。我大概真的是只需要在精神世界里吃饭就可以的神仙本人吧。

还记得有一次，和领导一起坐火车出差。午饭后上车坐定，我从包里掏出一本美食书，津津有味地看起来。旁边领导说："我真服了你了，刚才吃那么饱，居然还看得下关于吃的书，哈哈哈，要不你没事去报个新东方学学吧。"后来，在领导的点拨下，我终于去报了"新西方烹饪学院"法国蓝带厨艺学院，远赴重洋正经学起了厨艺。

对于34岁的我，在国企拥有稳定职业与收入，有一个天使一样的女儿，按照正常的人生轨迹，我应该把对于食物和烹饪的热爱静静地放在心里，有空的时候找找食谱做做家庭美食，玩玩烘焙，做点儿小点心哄哄小朋友开心，人生就可以很完满了。

然而，随着热爱的蓬勃生长，我显然做不到只是把这当作一个爱好，我强烈的求知欲不同意，我想要了解学习和认识更多的食物，想要知道更多美食的做法。更重要的是，我想要从头开始，从零开始，专业而系统地学习烹饪；想要系上围裙，认真地站在灶台前，用专业的技术与方法，去实现我脑海中各种关于食物的想法，我已经不满足于仅仅是看和想象了。我想要通过双手来料理食物，从而与这个世界更深地联结在一起。终于，对美食从精神世界里的热爱变成了现实世界中的梦想。

在巴黎期间，一部叫作《三星校餐》的日剧，在很多个夜晚都是支撑着我鼓起勇气迎接第二天的精神力量。女主角星野光子是一位有着坚韧毅力、超凡体力和美食天赋的米其林三星女主厨。其中一个看到泪目的片段，引起了我太多的共鸣。光子是在女儿三岁时，因为去巴黎追求美食梦想而和丈夫离婚，独自一人在巴黎一路学习料理，最终进入米其林餐厅奋斗成为主厨。在后来和二十岁的女儿相认后，她含着泪说：

"我对那微小的力量发过誓，如果当时我选择照顾家庭，也许就不会和小光分开了吧。"

"但是，我没能放弃做菜，没能舍得放弃梦想。"

谁能舍得放弃梦想，谁又舍得放弃家庭和孩子？但是，人生不是剧集，真实的人生总是可以不至于那么绝望。平衡好梦想与现实、自我与家庭不是那么容易，但也总有办法。一年的独自修行，为的还不是以后的漫长岁月中可以做出让生命更丰盛的食物，做出让孩子记住并传承的味道，不至于因为舍不得这一年的辛苦与付出而陷入年复一年的遗憾与焦虑中。

找到了自己，在心里清晰地描绘出未来的样子，这是一件再好不过的事情，这个未来里当然有家人，有美食，有爱，有我们喜欢的生活的样子。如今回想起来，确实觉得时光如白驹过隙，一年的时光既短又长，然而，给我自己以及家庭带来的变化是更好地成长。

最艰难的摊牌是我无论如何也绕不过去的坎。面对着从小到大对我一直信任和给予自由的父母，要怎么开口？还是，先斩后奏？

没错，我当然是毫不犹豫地选择了先斩后奏。不是先辞职，而是先抽空整理了留学所需要的各种资料，安排好了具体实施的计划时间表，开始着手申请学校、雅思备考等一系列准备工作，打算等到完成了计划的 80% 后再告诉父母，应该可以降低被反复唠叨的风险。

一天深夜，当我照例哄睡了女儿，准备熬夜偷偷摸摸地展开我疯狂的计划时，原本早已睡下的老爸突然出现在书房。

"闻闻，这么晚了，你怎么还不睡？"老爸问。

"呃，我在……加班。"我心虚地回答，支支吾吾。

"每天都有这么多工作要加班吗？我怎么觉得你最近不太对劲，你是不是有事瞒着我们啊？"老爸说着，眼睛瞟向了我手边的英语书。

"我，那个……哎呀，你别问了，反正到时候就知道了。"我还没准备好告诉爸妈呀，那一时刻紧张得不知道该找什么理由，就……默认了。

"不管什么事，都要告诉我们，不要做冲动的决定，凡事都要想清楚，再行动！"老爸不再追根问底，我在心里暗暗松了一口气，知女莫若父啊，"我要去冒险"这几个字，大概是全写在了脸上，看来，这次华丽的冒险大概是只能成功不能失败了。

果然，第二天晚上当我正准备开始继续我的疯狂计划时，老爸老妈双双出现在书房……看来今晚不彻底交代是混不过去了。

不记得聊到了多晚，在爸妈震惊又无奈的语气中，我全盘交代了我的梦想，以及正在做的准备工作，当然还有取得的进展。老爸意料之中的，生怕我拎不清似的，为我阐述了我现在稳定的家庭现状，好不容易取得现有成绩的职业生涯，以及未来存在且未知的风险……

在这次摊牌的最后，大概是太了解我，他们知道如果我坚定地想要做一件事，以我的犟性子是非做下去不可的，无论遇到什么困难。老妈克制而无奈地说："你先不要想那么长远的事情，把眼前的事情做好，先过了雅思考试再说后面的。"

容易乐观的我，就这么理所当然地取得了家人在那个时刻的"支持"。我继续按照计划表，一项一项地完成准备工作。

终于，在如超级马里奥般地闯过一关又一关之后，我获得了家人越来越多的支持。从精神上到生活上，我的家人，看到了我努力的样子，感受到了我拼尽全力要去实现梦想的力量，这种正能量换来的是越来越多的信任，这种信任，让我可以一直往前走，不用担心身后的家事。偶尔回头看一眼，大家都很好，我便可以在前行的时候，脚步走得更轻松一些。谢谢你们，我的家人！

所以，如果什么理由牵绊了你往前走的脚步，试着追溯来时的初心，以及将要去的远方，确定是去往更好的地方，那就义无反顾地

※ 辞职后,每天在咖啡馆或书店学习法语

去吧!那句话怎么说来着?当你坚定了想去的地方,全世界都会给你让路。

之后发生的故事,就是多如牛毛的关于梦想的励志故事:从工作了多年的国企辞职、重新捡起丢了近十年的英语、参加雅思考试、申请并拿到offer、学习法语、准备签证材料、法国高等教育署面试、以及因为动机可疑被法国领事馆约去面谈……一步步走来,如今说起来只是轻描淡写的一句话,事实上每一次都是一次艰难的打怪升级,这些都是我更加珍惜在巴黎这一年多光阴的理由。

时至今日,仍然有很多人和我说:特别佩服你的勇气啊。确实,辞职的那一刻是独立而潇洒的,然而,现在回想起来,不得不承认,那时多少还是沉醉在自己编织的励志故事中,那种想要挣脱束缚的力量突然被用尽之后,我陷入了一种疲惫的虚无感,以及对未来的

※ 巴黎蒙巴赫那斯楼顶的美丽夜景

无知、无畏。

上了十多年班之后,当每天不用再早起去上班,面对这突然多出来的时间,就特别容易在日常的柴米油盐里沉沦下去,在岁月静好中忘了自己要去的方向。所以说,最难的并不是辞职时的一时勇猛,而是日复一日踏实的努力。

每天早晨,当我把女儿送去幼儿园后,回到家里的第一件事就是提醒自己,要如何安排这几个小时的时间。我还有许多工作要做:要准备签证所需要的材料,要准备参加法国高等教育署的面试,要学习法语,要锻炼身体,要看更多的美食书籍和视频,要提前熟悉各种西方食材,还要抽时间在厨房里找找感觉。

慢慢地,从不认识一个法语单词,甚至不能念出歌剧院蛋糕、欧莱雅这样的法语名称,到学完了几本法语书,背完了最常见的动词变位,认识了最基础的时态和语态,可以听懂简单的对话。更重要的是,在某些时刻,我已经开始想要用法语来说话了。

辞职之前,在电脑前坐了近十年,从没去过一次健身房,甚至没有上过跑步机,在辞职后的几个月里,我实现了人生中第一个跑步机上的五公里。

在全力以赴地去实现梦想的这半年里,我感觉到自己正在成为更好的自己,每一天都在努力地进步和成长。

然而,如果说在这个法兰西玫瑰色的梦想里,有一个人让我在任何一个时刻只要想到她,以及要和她的分离,就会在心里轻轻地罩上一层温柔却揪心的网,那么,她,就是我四岁的女儿,我的小宝贝。

因为担心一年的分离会对女儿造成幼年的阴影,我比计划提前了半年辞职,决定借助在她这个年纪可以理解的方式,向她说一个关于追求梦想的故事,一个发生在她妈妈身上的故事,在这个故事里她有着非常重要的角色。

为此,我买了很多关于分离的书籍,以及关于法国、巴黎的书籍,甚至尝试通过法国的食物,让小小的她建立起与这个遥远而陌生国度的联系。让她通过认识这个国家,对于妈妈将要去的地方有一个实在的感知。

现在回想起来,彼时,我和她都从未踏上过法兰西的土地,却在不知不觉中对那里慢慢熟悉了起来,并与之建立起了内在的联系。

每天,我都会给她看巴黎的埃菲尔铁塔,以及铁塔脚下那座旋转木马的图片,给她讲塞纳河与河上的36座桥,告诉她,妈妈打算住在河边的一处房子里。

给她品尝法国的奶酪,告诉她这个国家有200多种奶酪,妈妈以后每天都要尝一种奶酪,然后回来告诉她,哪一种我最喜欢,并且把最喜欢的奶酪带回来给她吃。

给她做法式洋葱汤,看她把胳膊伸进法棍中,掏空里面柔软的面包组织,和她用法棍玩各种游戏,告诉她,妈妈以后可能每天都要吃一根这种面包棍子。

用法语和她说你好、晚安,给她听法语香颂,她说最喜欢的两首曲子分别是 *Les Champs Elysees* 和 *Je m'appelle Helene*。

有那么一天,夜晚临睡前的时光,我关了灯,在黑暗中拉着她的小手,告诉她,妈妈不久以后要去法国,去学习做美味的食物,学会了就回来做给她吃。

我问她:"宝贝,妈妈去巴黎学厨艺,学会做好多好吃的东西,回来做给你和你的朋友们吃,好不好?"

女儿乖巧地回答:"好!妈妈你好好学做吃的!"

一不小心来到了米其林三星后厨

"嗯,妈妈一定认真学,但是,宝贝,巴黎离我们这儿有点远,你知道的,上次和你看过地球仪,要穿过很多个国家才能到。"

"妈妈,你是坐飞机去吗?"

"是的,宝贝,飞机很快,但是即使是最快的飞机,也要飞十几个小时,穿过小半个地球才能到,所以……妈妈,可能,不能经常回来看你。"说到这里,我已经哽咽,黑暗中空气都变得敏感,只好假装咳嗽掩饰着吸了一下鼻子。

小宝贝愣了一小会儿没有说话。

"妈妈,那你什么时候回来?"

"九个月或者一年吧,最快九个月就可以回来,不实习,一上完课就回来。"

"那九个月是多长?"

"你看,我们上一个星期课就休息两天,每次休息的时候就是一个星期,休息四次就是一个月了。然后,像这样的休息四次,重复九遍就是九个月了。也没有很长,是不是?而且,妈妈每天都会和你视

一不小心来到了米其林三星后厨

频，打电话，你每天都可以看见我，我也可以看见你。"

宝贝的小脑袋似乎还在计算着九个月到底是多长。

"宝贝，妈妈其实是先去巴黎，去帮你看看埃菲尔铁塔下是不是真的有那座旋转木马，去帮你数数塞纳河上是不是真的有那么多桥，去帮你尝尝法棍、奶酪的味道，也尝尝好喝的红酒——不过红酒你来的时候就不用尝了，等你长大了再自己试一试。"

"妈妈，我也会去吗？"

"嗯，你放假的时候，可以过来看望妈妈，我带你去巴黎的迪士尼乐园玩，好不好？"

"好！我想去迪士尼！"

"好的，那你就乖乖在家，和爸爸外公外婆一起健健康康、快快乐乐地过几个月，等妈妈回来看你，或者你们过来看妈妈，好吗？"

"好！"

"可是，宝贝，我会每天都很想你的，你也会想妈妈吗？"

"嗯，会的。"

"那你想妈妈的时候怎么办呀？"

"我给妈妈打电话！"

"哈哈，国际长途很贵的，我们用微信语音留言好了，我会留言给你读故事的，你想我的时候留言给我，我睡醒看到就会回给你的。"

"好，可是我不会用微信啊。"

"明早起来，我教你好不好？"

"好的，妈妈。"

"那宝贝，睡吧，不知道你今天梦里会不会见到巴黎呢！晚安啦，小宝贝！"

"晚安，妈妈。"

此后的很多个夜晚,临睡前的时光,就是我尽可能地用她可以听懂的语言和方式,告诉她关于人生的梦想,为此要付出的努力,以及需要承受的代价,以及其实不那么糟糕的分离。

这世界上,比大海还要宽阔的,是人心。
而比最宽容的成年人的心还要宽阔的,是孩子的心。

我的小宝贝,在这么小的年纪,用她自己的坚强和乐观度过了人生中第一场分离。

在清晨出发奔赴巴黎的飞机上,十二个小时的旅程,除了睡觉,清醒的时候,我一直在想,她会不会睡醒看见妈妈不在了,大哭;她会不会时常担心我不会回来了;她会不会在生病的时候哭着喊妈妈。

后来,在巴黎的时候,陆续从家人口中得知,第一天分离,她没有哭,而是像往常一样玩耍;在以后的日子里,她也没有哭着闹着要妈妈。孩子,比我想象的坚强,也比我坚强。

回国后,我问过她,想不想妈妈。

"想!"

"那你为什么没有哭呀?"

"因为我知道妈妈会回来的!"谢谢你,我的小宝贝!

终于,在孩子笃定的信任中,在家人忐忑但坚定的支持中,从没出过远门的我独自一人,在并不年轻的岁月,拖着行李开始了第一次在异国的生活,开始了这段美好且刻骨铭心的修行。

CHAPTER 2

第 二 章

巴黎蓝带厨艺学院的修炼

※（上）有120多年历史的法国蓝带厨艺学院巴黎校区（老校区）
※（下）新校区的开学典礼上，料理班可爱的主厨们

第 一 节
放下电脑，系好围裙

※ 电影《龙凤配》中，饰演萨布丽娜的奥黛丽·赫本在蓝带厨艺学院受训

▎初入厨房，捅不完的娄子

一年多前的我，在辞职信中写道："我想要追随内心的向往，关上电脑，系好围裙，在有着 120 多年历史的名校巴黎蓝带厨艺学院中修炼厨艺，成为更好的自己。"

开学日，当一个 34 岁的"老阿姨"（相比起小我一轮的同学们，这是一个略显尴尬的真相），真实地推开巴黎蓝带厨艺学院的大门，领到了梦寐以求的厨师制服和刀具，一遍又一遍地欣赏着闪亮的专业刀具，那一刻，人生第一次体验到了姗姗来迟的梦想实现的快乐。

※ 行走江湖的宝贝刀具们

然而，这种因为对专业厨房的一无所知而带来的单纯的快乐并没有持续很久。

对于第一次进入专业厨房的菜鸟来说，有多兴奋，就有多悲剧。初级阶段在实操课堂上捅过的娄子，犯过的错，受过的伤，一而再再而三地摧毁着我最初的自信。

也曾是在职场上叱咤风云的人物，策划组织发布会、主持工作会

※ 人生中的第一张厨师服照片

议、面对上百员工口若悬河的省级内训师，见多了大场面的我，没怎么怕过谁。

然而，在巴黎蓝带这个陌生的厨房里，所有职场经验全部清零的我，忐忑不安，局促得仿佛又回到了那个初出茅庐青涩自卑的小女生。我知道，噩梦总是要来的。

那是一次做洋葱塔的实操课。洋葱塔，所以洋葱是主角对不对？可是主角在开场几分钟内就被我搞砸了……是的，我烤糊了一整锅洋葱丝，原因是，不熟悉厨房设备，记错了炉子开关的位置。

在实操教室里，每个人有四个连成一体的电磁炉，分别对应前面一排开关，我因为记反了左右手，把本应小火慢慢焖软的洋葱丝，

※ 蓝带初级料理课程中的法式洋葱塔

放在大火的炉子上迅速烧焦了。

　　在争分夺秒的实操课堂上，发现这一情况后，我一时竟不知道该怎么办，慌张地向主厨报告了自己的失误，这堂课是我最爱的主厨 Vaca，他没等我说完，直接冲到我焦糊的锅子前，抄起，一把倒进了垃圾箱，丢下一句"结束了"，干脆利落地宣布了我的失败。一切都那么迅速，我甚至没有机会说明为什么会烤糊。

　　旁边的加拿大小哥 Robert 看我可怜巴巴地站着，立刻从锅里分出一半烧好的洋葱丝给我，我拼命把快要掉下来的眼泪狠狠地吸了回去，绝对不能丢人，即使主厨宣布了我的主料失败，我也必须把其他部分做完。我手脚无力地转身继续切菜，一时间，不敢抬头看任

※ 15区老公寓窗外的风景

何人。

这时候，一直站在教室另一头的主厨幽幽地说道："小姐，这很正常……已经发生了。"说完，走过来拍拍我的肩膀，大概是我的脸已经让他看不下去了。那节课结束后，我再一次找到主厨 Vaca，不甘心地解释了我是因为记错了炉子才闯了祸。

他微微低下头，从镜片的斜上方睁大眼睛看着我，摸摸了我的头，用一种历经沧桑的语气和我说：

"在厨房里，任何人都会犯错——烧糊了东西，切坏了食材，做错事才能做对事。这里是学校，学校就是教你们这些的，没有人能不犯错。"

这一番话在当时真正安抚了我严重的自责，以及对自己深深的失望，也让我收拾起沮丧的情绪，用更平常的心态去面对接下来一次比一次压力更大的实操课。

这就是我在蓝带厨房里学到的第一件事：没有人会不犯错，但不要犯同一个错误；如果犯了错误不要哭，不要沉浸在后悔的情绪中无法自拔，不要解释而应立即大声说出"是，主厨！"，然后立即投入下面的工作。厨房和手术间、战场一样，没有暂停键，没有取消键，只有继续，完成！

对于一个在格子间敲了十年键盘，为了追求完美，PPT 能反反复复改二十稿的我，这一天带给我的成长极具意义。

"没有人生来就是个好厨师，人人都要边学边做。这是我给天下人永恒不变的忠告：学习烹饪的方法是——尝试新的食谱，从错误中学习，不要害怕，最重要的是，要乐在其中！"

第二章 | 巴黎蓝带厨艺学院的修炼

※ 学校的楼梯间摆着电影《茱莉和茱莉娅》(Julie & Julia)的海报

我的大学姐 Julie（32 岁开始进入蓝带学习）在她的自传《我的法兰西岁月》中这样总结。

从那一天起，我真的没有再烧糊过洋葱、大葱……是的，我努力做一个不会犯同一个错误的人，可是，我没有想到的是，这世界上有那么多错误可以犯。

我每次都在犯不同的错误，时不时在厨房里捅一些新鲜的娄子，在初级的这两个月里，我把刚煮好的颤颤巍巍的水波蛋在摆盘搬运途中掉到过地上，摔得稀巴烂；我在端满满一大口锅的汤出烤箱时洒了一炉子汤汁；我削掉过自己的指甲，刮破过手腕，划破过手指，还被刚出炉的锅把烫伤过。

※ 人生中第一次烹饪兔子，没有捅娄子，且拿到了评分A

我还因为偷懒用抹布擦了一下洋蓟的外皮被主厨吼；因为随手乱放纸巾被主厨教训说再乱放就把纸巾塞进我的帽子里……这世界很大，每天学到的知识都很新鲜，可以捅的娄子也很多，每次都不带重样的。

我就是这样跌跌撞撞地在蓝带的初级厨房里勉强生存下来的。好在，我天生容易乐观，就这样一次次犯错、长记性、犯错、长记性……慢慢地，在这个厨房里，不再是可怜巴巴地去和主厨认错，而是逐渐得到了主厨们"还行""很好""完美""太棒了"的肯定。

在进入厨房之前，身为职场人的我，很不适应在厨房里随时随地要说"是，主厨！"这件事，一旦遇到问题，第一个下意识的反应是解释，有时候被冤枉了，还会忍不住想要"顶嘴"，一直不明白为什么要那么教条地像在部队里一样立刻大声回应服从。

直到日后，我真正在米其林三星的厨房里工作才明白，厨房里的工作不是一个人可以默默地完成的，大家各有分工和角色。有时候看起来真的就像一支军队，主厨是指挥和统领，每一道菜的完成有时是需要分工和协作的，在分工说明后，或者传达指令后，需要的是厨师们立即给出肯定的回应。

"是，主厨！"是在告诉他：我已经明白我要做的工作，我会立刻按照你的要求把这项工作完成。

这种反馈在出餐时的厨房里，和在兵荒马乱的战场上一样，需要大声、立刻给出反馈，没有时间解释，立即开始做。

从第一阶段的厨艺训练开始，我们需要学习的就不仅仅是知识和技艺，更重要的是在厨房里端正的态度。从那时开始，可能是多年的职场历练让我能够理解这种看似浮夸的口号背后真正的意义，从

※ 华灯初上，经过塞纳河上的桥

而奠定了对厨房工作的敬畏。

随着初级料理课程的结束,学校的新校区搬到了塞纳河边,我也重新租了在16区河边的小公寓,跟着学校一起搬到了河对岸,度过了一个漫长的假期。经过了初级的懵懂,假期里我认真地翻着笔记,回想着自己犯过的错,假期之后,是随之而来的中级料理课。在这一阶段,我终于启动了开挂模式。

厨房里的逻辑学

大抵,惧怕厨房的人,一定是有过至少一次的下厨经验,然而,面对着刚刚兴奋采购回来的一堆食材和调料,突然感觉,从原料到变成自己头脑中想象的美食之间,隔着一个银河系那么远。

无从下手,手忙脚乱,烹饪时,厨房乱得像打仗,买食材时还踌躇满志的"大厨们",在厨房里像没头苍蝇一样乱窜,要用的食材和工具找不到,忘这忘那,这种慌乱和狼狈完全熄灭了想要好好做一顿饭的热情,只想离开焦躁的厨房,岁月静好地坐回到餐桌上去。

曾经,我也费心尽力地写过一些食谱,分解步骤,料理技巧,在专业的我看来已经图文并茂、清晰明了,只要按照步骤做就可以了,可是还是有很多朋友在看到食谱后,只有一句话:"好复杂,我还是负责吃好了。"

我们这一代人,以及再往上一代人,不论是普通人

※ 新校区宽敞专业的实操教室

第二章 | 巴黎蓝带厨艺学院的修炼

※ 可爱的主厨 Vaca 在演示课上的精彩示范

还是专业厨师，甚至是明星主厨，在被问及心中最好的厨师以及最好吃的菜时，绝大部分人都会充满感情地回答："是妈妈和妈妈做的菜。"且不说这种回答的精妙，既不显得对自己厨艺的骄傲，又恰到好处地体现出自己的厨艺天分。

妈妈为什么会成为人们心中最棒的大厨？

在很多人童年的记忆中，逢年过节，妈妈就是一位可以用一上午时间把一堆乱七八糟的食材变成一桌美食的魔术师。

在很短的时间内，为全家人烹饪一桌子美味佳肴，她一个人是怎么做到的？

因为从小不被允许进入妈妈的领地——厨房，所以很长一段时间以来，我都只是默默地做好观众，等着享用妈妈做的美食就好了。直到有一次，当妈妈在厨房中忙碌时，我无所事事地在厨房门口暗中观察：

妈妈真的好厉害啊！炉子上烧着什么，水龙头下冲洗着什么，手里还在切着什么，反反复复地开关冰箱……看着她在厨房高效且有条不紊地进行着美食的创作，那种淡定和投入让小小的我心生向往。

后来随着在蓝带厨房里的学习和练习，我才慢慢明白，为什么有的主厨（比如妈妈们）的烹饪过程看起来行云流水，没有一个多余的动作与重复的流程；而有的人（比如刚开始在厨房的我），在烹饪过程中经常手忙脚乱、急到跳脚。

这一切，都是源于逻辑，厨房里的逻辑。

作为在巴黎蓝带受训过的厨师，无论将来在世界的哪个角落从事着什么样的行业，经过一百多次实操课的战场，都会成长为逻辑清晰、有条不紊的专业厨师。

在这里需要简单地说明一下，巴黎蓝带到底是如何将一个厨房小白变成训练有素的专业厨师的。

蓝带料理课程分为三个级别——初级、中级和高级，必须先通过当前级别的考试才可以进入下一级课程的学习。最终要想顺利毕业，每一级的考试都要过关，且最后还需要进行毕业设计——自主设计并完成菜品。

每一级的学习，分为演示课和实操课。每节课学习的内容从基础到复杂，每次上课首先是三个小时的演示课，不用动手，就坐在教室里观看主厨制作从前菜到主菜再到甜点的三道演示菜品，随堂有一个英文翻译负责将主厨的法语翻译成英语，以便来自世界各地的学生都可以听懂。

由于演示课主厨需要在三个小时内同时示范前菜、主菜和甜点的制作，因此整个过程全部是交叉进行。听课的时候，教室里满是哗啦哗啦的翻食材表的声音，全程不能走神和打瞌睡，否则等你醒来，一头雾水、晕头转向地跟不上节奏，干脆再睡回去好了。

有时，因为演示课时间紧张，很多食材都是助教在上课前先处理好了，所以早就已经改变了形状和样子。对于我们中国学生来说，法餐里很多蔬菜、鱼虾都是从来没有吃过也没有见过的样子，如果没有提前了解，很可能在接下来的过程中就掉链子了。

为了能跟上这快节奏眼花缭乱的演示课，每节课之前我基本上都会预习一下食材单，不认识的食材提前查字典了解。这样在课上，当主厨拿起一个远远看过去模模糊糊的食材时，我才能猜出来这是什么。

演示课的这三个小时，制服袖子上的口袋里别着勺子、叉子上

※ 色彩丰富、搭配清新的前菜

课,是有多幸福,一面眼观六路耳听八方地观看主厨的每一步操作,并将每一个细节都记在笔记本上,一面热切地期盼着最幸福的试菜时刻。

主厨做完三道料理后,会由当天的值日生分发给每一位学生品尝。然而,在主厨宣布下课后,所有人都会一哄而上冲到主厨的操作台前,搜刮着分完后剩下的料理。遇上特别好吃的菜,一时间,勺子和叉子乱糟糟地在主厨来不及装盘的盆子里打架,后面挤不进去第一层的学生着急地从胳膊缝隙中伸进去自己的餐具,从夹缝中捞出一点点食物，那场景如今回想起来还是觉得好好笑，各种肤色不同国籍的学生们围着灶台在同一个盆里哄抢食物，这才是真正的美食无国界啊！

特别奇怪的是，从初级到高级，明明是因为热爱料理而选了料理课程，在演示课堂上被这群料理生哄抢最多的却是甜点，与在课堂上互怼的料理班主厨和甜点主厨相比，真的是特别有爱和谐。

如果说演示课是欢乐且放松的，那么接下来的两个半小时的实操课就是真正的试炼。刚刚学到的料理课中的主菜部分，我们需要立刻在实操课堂上按照主厨教授的方法，在两个半小时的时间里，从原材料开始，百分百地复制出来。

然而，正如前文所提到的，在巴黎蓝带的初级料理课堂上，我在实操课的厨房里是如何的慌张冒失。在整个初级阶段，因为担心犯错，以至于每次走进实操课教室，我都会莫名地紧张。

明明已经把菜单和流程记得非常熟悉，在心里默念了好多遍，甚至已经在脑海中模拟做了好几遍，然而，在开始操作的瞬间，头脑还是会短暂地出现一片空白，需要经过调整呼吸才可以恢复平静。我曾不止一次地问过自己，究竟是在紧张什么……

是因为——

主厨从一进教室就开始不停地倒计时吗？

"还剩五分钟处理完鸡。"

"还有两分钟开始做酱汁。"

"不要忘记你们炉子上的两只锅。"

"台子上不许留垃圾！只能留一把刀在外面！收起来收起来！"

"炉灶脏了，去擦！"

"快！快！"
"最后一分钟，结束！"

还是因为——
刚刚我放在这里的盆，被谁拿走了？
来晚了，黄油不够了！
我的酱汁锅还没洗出来，用什么熬酱汁呢？

抑或是因为——
对面那位同学和我的步骤为什么不一样？我在削胡萝卜，他为什么现在开始称面粉了？

不停地被催促，食材和器具有时需要抢，被旁边的同学影响，各种慌张、抓狂、被割伤、被烫伤，每天都在这个厨房里上演。

虽然在进入教室的时候，大家都带了演示课上记的笔记，但是完全没有时间停顿下来去看笔记。在实操课整整两个半到三个小时的时间里，大家一句废话都不敢多讲，一个多余的动作和语言都会打乱这分秒必争的节奏。

每节实操课的最后，都要将自己做的料理拿去给主厨品尝打分。蓝带对于每一节实操课的评价都是基于卫生与安全、组织、技术、菜品呈现、态度五个方面来打分。主厨不仅仅要根据最终呈现的菜品结果评判，其实在操作过程中就已经开始打分了，我们每一个下意识的小动作、每一个步骤，都被在教室里巡视、暗中观察的主厨看在眼里，记在小本本上。

※ 每天放学回家后，我都在我的小桌子上整理笔记、复习预习

所谓的"在实践中学习"，其实就是这样一次次的重复练习，在初级刚开始的那些坏习惯、不必要的动作和错误的逻辑，在一次又一次的实操课中不断纠正并最终形成好的习惯，成为身体的记忆。

慢慢地，厨房逻辑逐渐清晰起来——

当我在准备自己的操作台时，就知道为了保持桌面留足空间给料理过程，需要将所有要用的工具放进操作台下的抽屉里。

当我一进入厨房就会预热烤箱，而不是等到要用的时候才慌忙拧开烤箱开关。如果需要用到开水，在刚一进入教室时，就先在炉子上烧上一锅开水，再进入备料工作。

当我拿起刀开始备料，就提醒自己不是埋头把篮子里的食材全部

※ 在实操教室里煎羊骨熬高汤

切完，而是首先准备好第一项要做的烹饪中需要的食材，在把第一项烹饪的食材放在灶台上烹饪后，再继续处理接下来要用到的食材。

一次又一次不断优化操作的流程，根据需要调整先后顺序，尽可能地压缩准备的时间，在做每一步操作之前都要考虑整体菜单中需要一起处理的部分，而不是总是重复类似的操作。

学料理的人如果有一天进入甜点的世界，看到的将会是一幅特别安静从容的画面，因为甜点与料理最大的不同在于：甜点是精确的，是一步接着一步的。大部分甜点是不需要趁热品尝的，所以，可以提前做好，再将其冷藏或保温。

而料理的世界，是多路并发且无法暂停的进程。对于料理厨师来说，厨房就是舞台，在踏上舞台之后，灯光亮起，大幕拉开，没有退路。在这个舞台上，看食材在案板上旋转翻滚，灶台上同时咕嘟咕嘟的锅子。作为主角的厨师，必须将每一个步骤烂熟于胸，眼观六路耳听八方地兼顾备料区、灶台、烤箱及其他机器，还要在脑子里放一个闹钟或计时器，直到最后一刻，完美地组装并呈现出来。

为了能在实操课上迅速进入状态，很多个深夜，我在小公寓的灯下反复整理笔记。虽然笔记本身比鬼画符好不到哪儿去，但我却能从这乱糟糟的笔记中梳理出一条只有自己懂得的流程，并在脑海中反复模拟实际的操作过程，直到可以闭上眼睛在脑海中做完整套菜单。多年的产品经理经验在这时发挥了该有的作用，这个特别的学习习惯让我沿用至今。

终于，在理顺了厨房逻辑的中级实操课堂上，初级成绩勉强位

※ 中级班被主厨表扬为"今天最好的酱汁"的实操课作业

于中游的我才算真正进入状态，出品经常得到主厨的表扬。

有一天，在一节日常的实操课上，之前警告我再乱放纸就塞进我帽子里的那位主厨，在例行公事地用小勺子舀了一口我做的配鱼的酱汁后，突然眼神发亮地看着我，难以置信地又舀了一勺，品尝后，和我说："这个，是今天最好的酱汁！"说完又连续吃了几口，边吃边招呼其他学生一起来品尝。受宠若惊的我，幸福得简直要窒息，要知道，初级阶段，我还是个连调味都把握不准，经常被主厨扣分的菜鸟。

如今回想起来，也许就是在那一节实操课上，主厨的那个闪着光的赞许眼神，照亮了我后面全部的学厨生活。

刀光火影中的并肩岁月

高级料理阶段同组的兄弟中，有一位中国同学、一位俄罗斯小哥，还有一位韩国小哥，是和我一起从初级到高级三个阶段都被分在同一组的，而其中韩国小哥 Junsu 则一直是我隔壁的兄弟。

是啊，在厨房里，只有兄弟，没有姐妹。

女生进入这个厨房，就请——

脱掉高跟鞋，穿上不分男女的笨重钢头厨师鞋；

※ 蓝带学厨时光的最后一节课，C组兄弟们合影

　　长发请绑紧了箍上老奶奶发网，空气刘海什么的统统塞到帽子里，勇敢地露出大饼脸；

　　睫毛膏、眼线什么的精致妆容最好就不要浪费了，反正忙得大汗淋漓的时候也会被熏成斑驳的熊猫。

　　香水？厨师最迷人的香调难道不应该是温柔的黄油前调、浓郁的牛高汤中调，以及悠长而有辨识度的洋葱尾调吗……

　　哦，对了，扔掉一刻也离不了的护手霜吧，已经被烫过、切过，沾满了油脂、鲜血的双手，还有救的必要吗？最重要的是，谁也不想在料理中吃到护手霜的味道！

当然，闪闪发光的首饰，耳环、戒指、手镯，从进入厨房的那天起，统统都可以说再见了。

在来巴黎学厨之前，我曾经是怎样精致的厨娘啊！所有操作都要戴手套，徒手绝对不敢去摸肉类、禽类乃至鱼类的皮肤。那时所谓的烹饪，完全是建立在已经处理好食材的基础上，进一步加工而已。

在出发去巴黎之前，有一天，为了证明自己将要成为一名专业的厨师，第一次自己去菜场买了一只鸡，请小贩帮我初步处理拔掉毛后带回家。

当我戴着手套，勇猛地从袋子中拎出那只尚未开膛破肚的鸡时，面对这美味的食材，我手拿剪刀憋住气从鸡肚子上打开胸腔，一股难以言说的气味伴随着一大堆眼花缭乱的内脏喷涌而出，那一时刻内心几乎要崩溃，要不是没有求助的对象，真的就要扔下剪刀，夺门而逃了。

曾经是这样手无缚鸡之力的矫情厨娘，在进入了专业厨艺学校后经历了怎样的成长，才能手起刀落地剥皮剔骨，在刀光火影的厨房里生存下来。

可能永远无法忘记，人生中第一次按照专业厨师的手法去处理一只鸡、一只鹌鹑、一只兔子、一条长满暗刺的大型地中海鱼、一只活的波士顿龙虾、一只鲜活的生蚝／扇贝，以及一条拥有三层滑溜溜皮肤的丑陋的鮟鱇鱼。

初级料理班的第三节课，是做一只法式烤鸡。

我拿着剔骨刀，瞪着这只光溜溜地躺在案板上的昂贵的布雷斯鸡，一股似曾相识的气味扑面而来，深呼吸一次，告诉自己动手吧。

然后，转身，拿来一张厨房纸，静静地，把纸盖在鸡的头部，拿起主厨刀,对准纸巾边缘的鸡脖子,用力切下去……哇啦,头切掉了,直接用纸包住兜着扔进了垃圾桶。

接下来,按照主厨在演示课上教授的操作方法,用手捏住脖子,从鸡背靠近脖子那里下刀,划开脖子处的皮肤,然后用一张厨房纸拉住脖子上的皮肤,一把撕开,再徒手拎起没有皮的鸡脖子,用主厨刀按住脖根,翻个面在案板上切断整根鸡脖子。

大气不敢喘一口,不能给自己回味和胡思乱想的时间,想象自己是位外科医生,正精准地解剖着这只鸡。

在龇牙咧嘴地拼命挑出脚筋后,切掉鸡脚和翅尖,接下来就是最惊悚的步骤——掏内脏。法式烤鸡里,鸡是以一个完整的形状被送进烤箱中烤制的,所以内脏需要从肚子里直接掏出,有时还需要塞进香料。

我定了定神,伸出我的小手(在厨房里小手真的有很多优势,可以处理很多一般人处理不了的精细工作),从鸡屁股伸了进去,是的,我掏了鸡屁股……这件事完全可以成为我学厨生涯的里程碑事件,从此以后,在掏了无数次鸡屁股、鸭屁股、鹌鹑屁股之后,我已经完全熟练地掌握了这项技能,并且可以把鸡的内部处理得相当完美。

可以说,自从闯过了这一关,我的人生道路变得更加宽阔,毕竟,曾经掏过鸡屁股的人生,还有什么好怕的?

可笑的是,当我的手里攥着一把拉出来的乱七八糟的内脏,瘪着嘴、露出嫌弃的表情时,突然瞟到对面的土耳其小哥阿里罕正龇牙咧嘴地看着我笑,再看看旁边,俄罗斯小哥菲利浦对我挤了一下眼睛,原来这帮男生和小学生一样,都偷偷地等着看女生的笑话呢!

从那天完美地处理好一只鸡开始,我的人设就发生了改变:玻璃心、公主心什么的统统收起来。厨房里,需要的不是一个梨花带雨、

※ 用来做成本高昂的马赛鱼汤的鱼类

娇滴滴的公主，大家都只对自己的工作负责，和大家一样尽力做好每件事而已。

很多美食教学的片子中，大家看到的烹饪过程都很漂亮、很干净、很美，那只是因为恶心的部分、脏的部分、丑的部分，都已经有人提前处理好了而已。

但是在蓝带实操教室这个刀光火影的厨房里，一切都是从最原始的食材开始的。作为一名厨师，从地里、田里、海里获得了新鲜的好食材，如何科学地处理，在保证食材洁净的同时还要将其加工成最适合烹饪的样子，这才是每个料理人或厨师必须学会的。厨房里

※ 拥有巨大眼睛的地中海鱼（眼睛按照操作要求要被挖掉）

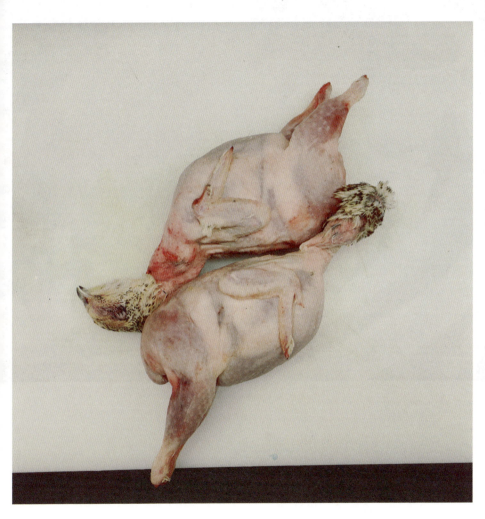

※ 要求整只剔骨的小鹌鹑

※ 基础班的第一次肉菜,特别传统的法式烤鸡

并没有根据性别不同而设置不同的岗位和分工,要想成长为一名无所不能的主厨,就不能对工作挑三拣四。

所以,我们学会把一只整鸡分解成八块,不同的部位使用不同的烹饪手法,发挥每一个部位的优势;把一只小小的鹌鹑整体剔骨(我的小手优势得到了发挥,我处理的鹌鹑成了完整剔骨后,唯一没有破皮的小鹌鹑),填入小牛胸腺;把一只鲜活的波士顿龙虾杀死后,完整地剥离虾肉;给一条长相奇怪的鱼刮鳞,挖眼,挤出内

脏，片下鱼排，剔除鱼刺；给一整条牛菲力去除筋膜，用油网膜包裹捆绑；撬开一只活的扇贝，完整地剔下扇贝肉；完美地打开一枚坚硬的生蚝，满满的海水一滴都不能洒出来；将一只没有耳朵、剥了皮的兔子做成美味，再用迷迭香的小枝子串起兔肝、兔腰子煎好；用肠衣徒手灌制一串法式香肠。

甜点班的同学说，在甜点的实操课上，经常需要大家两两配合进行分工合作；而在料理的实操课上，同一个组的每个学生都是独立完成自己的料理，所以其实没有太多的交集。我和我隔壁的韩国小哥 Junsu 因为三个阶段都是站在一起并肩做菜，操作区域和灶台都是并排连在一起，所以稍稍可以挤出几秒钟的时间互相帮助一下，比如我在灶台前时，大喊一声："Junsu，小心锅（要糊了）！"顺手把他的炉子关掉。因为我们共用一个烤箱，所以如果同时出炉，Junsu 就会绅士地帮我把我的烤盘也一起端出来，然而，我总是忘记这是烫的，一把摸上去……被烫得嗷嗷直叫。

在初级班的分组里，欧美学生占比较高，主流沟通语言是英语，慢慢地到了高级班，中国学生和韩国学生人数占了上风，大家也不像一开始时那样拘谨，因为已经完全熟悉了厨房，对于课程内容也越来越能够轻松应对，教室里开始有了交流，一会儿是韩语，一会儿是中文，一会儿是英语，再夹杂一会儿法语，官方用语彻底混乱了。

※ 后厨零嘴儿——中华牛肉汤制作中

　　然而，即使彼此母语不同，有时几种语言夹杂在一起，再加上肢体语言，也还是其乐融融，没有障碍。有一次，做完料理后，我在水池边清洗自己的刀具，隐约感觉有个中国同学在我身后排队，我一边洗一边叽里呱啦说了一大通，停下来后，身后幽幽地传来一句中文："我是韩国人！"回头一看，身后站着的是端着刀具哭笑不得的Junsu。

在高级料理班的课堂上,大家已经接受了长时间的专业训练,对法式料理的套路已经基本掌握,手脚越来越麻利,在游刃有余地完成规定的料理实操内容后,还有剩余时间,我们就在教室里发挥余热,用多余食材和边角料制作各式中华料理,作为后厨零嘴儿。

每次做到和牛肉相关的料理时,财大气粗的学校必定是人手一条或是一大块牛肉,根本用不完不说,按照法餐里做牛肉的要求,必定是为了修整出漂亮的形状而要切割掉很多边角料,最后把煮过的牛肉和蔬菜全部扔掉,只是过滤出汤汁拿来做 Jus(法式酱汁的基底),有时切下来的部分正好可以做一锅牛肉汤。

于是,在完成规定动作的同时,我开始自由发挥了:从调料柜里翻出一瓶韩国万字酱油,外加八角(法餐里也会用到)、月桂叶、丁香,在炉子上咕嘟咕嘟正儿八经地煮上一锅中华牛肉汤。到了高级班,主厨对我们也基本是放养,只要完成规定动作,随便怎么在厨房里折腾。因为到了高级料理阶段,就不再是机械地复制和还原课堂上教授的料理了,更多的是需要发

※ 完成了作品后放飞自我的 Nolin 和我

挥创新精神，加一点新鲜元素会更值得鼓励。嘴馋的主厨巡视的时候，直接从我的锅里捞出还没有最后完成的食物吃起来，一次、两次，最后我不得不盖上锅盖，和主厨说："不，还有这么多人呢！"

于是，除了边角料牛肉汤、干煸到焦香的边角料孜然羊肉，有一次在出品的鹌鹑料理上，还正经地放上了一只油炸小鹌鹑腿，主厨用手指直接捏起，扔进嘴里，连说"这个好吃"。玩到高兴的时候，和同学一起用剩下的法式腌肉和大葱做的葱油饼都陆续出现在实操教室里，我们俨然把这里做成了一条中华小吃街。中华料理的香味甚至把在隔壁教室上课的胖胖主厨 Didier 也吸引过来询问做法。

在我们的带动下，厨房里的各种自由发挥在高级阶段的最后时期达到了鼎盛，每次实操课上，后厨零嘴儿的主角轮流登场：有韩国小姐姐做的土豆饼，有美国小哥 Nolin 烤的牛肉，甚至还在傲娇的法国主厨眼皮子底下，嚣张地挤上一大坨亨氏番茄酱！

现如今回想起来，来自世界各地、各行各业、不同年龄、不同背景的人聚在塞纳河畔这间料理学校里，穿上一样的制服，成为同学，开始一段共同的学习生活，这是一件多么奇妙的事情！

对于厨艺学校里，大家每天都在做料理、甜点及蛋糕，到底能不能吃完，是很多人都很关心的问题。

当然，一个人吃不完！但是，美食之所以可以联结这个世界，就是因为一个重要的精神——分享。

所以，才有了校园里的几个大冰箱作为分享冰箱，下课后的学生们，如果不想带回家吃，就会把当天实操课做的食物，放在冰箱里，甚至是直接随处放在校园里任何的平面上，供大家随意取用品尝。

于是，厨艺学校下课后最开心的一幕就是，这一堆那一堆的学生们围着各种食物,你一口我一口地品尝,吃到好吃的,大声问一句:"这是谁做的?"食物的主人就会立刻傲娇地跳出来,答道:"我做的!"

甜点班的同学们为了艰难地保持身材,除了要带回去作为礼物送人,所做的甜点,小到饼干、曲奇,大到蛋糕甚至是艺术品一样的泡芙塔和巧克力拉花,都会放在校园里。料理班的同学们一下课,就会将这些艺术品团团围住,不停地又拍又吃。

料理班的作品在打包带出教室这件事上有着天然的缺陷,众所周知的法餐漂亮摆盘,在给主厨打完分后就完全没法看,再加上用保鲜膜、锡箔纸或是塑料盒打包好带出教室后,就完全变成了盒饭。

有一次,在更衣间换衣服,我眼巴巴地看着甜点班同学的作品,默默地吞吞口水,颇有心计地把刚做完打包的盒饭打开,伸到甜点班同学的鼻子底下——

"要不要尝尝我做的马赛鱼汤?"

"好啊!"甜点班同学拿出勺子吃了一口,"哇,太好吃了,我可以再吃一点吗?"

"好啊,都拿去吃吧。"我再次看向了她已经装在袋子里的五颜六色的马卡龙。

"真的好好吃啊,你们来尝尝。"她这么一招呼,一群正在换衣服的甜点妞纷纷掏出勺子,干脆围坐在更衣间的地上,呼啦呼啦地一起吃鱼喝汤。

"你也尝尝我们做的马卡龙啊!""嗯,我这儿也有,给你。"

天啊,这群甜点妞们,终于反应过来交换一下作品了,我开心地抱着袋子,一屁股坐在地上开心地吃起马卡龙来,成功!

食物是最能拉近人与人之间距离的社交活动。在厨艺学校里,一起吃饭,一起做菜,有时还会像是一家人一样分享食物,从自己的锅里取出一勺,喂给旁边的兄弟,兄弟伸出大拇指,好,关火!全程不需要语言,食物会替我们交流,每一幕回忆起来都暖暖的且充满了力量。

第 二 节
厨艺学校里暗藏惊喜

▍主厨的教诲

在蓝带的学习中,从初级到高级,每一个阶段都有一个特别人性化的项目——主厨面谈。在这个项目中,可以直接与主厨面对面地沟通和交流,对于任何和学校、厨艺相关的问题都可以从主厨这里得到答案。

上课的时候,面对这些主厨,看他们在课堂上搞怪、逗乐或是编段子,都是一种很轻松的体验,然而,当我在状况百出的初级阶段被主厨喊去办公室面谈时,最可爱的主厨 Vaca 笑眯眯地看着紧绷着脸的我,上来就问:"感觉怎么样,孙小姐?"

原本只想一言不发地听完主厨训话就出去的我,一时间积攒了两个月的复杂情绪喷涌而出。

"主厨,我感觉不好!我觉得很紧张,压力太大了!"

"为什么蓝带和我想象的不一样,在来这儿之前,我想象中的厨

※ 学校周边纪念品——木制小厨师

房，应该是不慌不忙地按照步骤处理食材，有条不紊地慢慢烹饪，做出美味的食物。而不是这样的场景——充满紧张、忙乱，不像做菜而像打仗。"

我一口气吐槽了一堆。

"孙小姐，你之前是做什么的？"

"我之前是在通信行业做产品经理。"

Vaca 又将目光从镜片斜上方移出来，挑了一下眉毛，说："难怪！"

"你多大了？"

干吗？嫌弃我年纪太大，不适合厨房？是要劝退学吗？

"34 岁。"我心虚地回答。

"正是好年纪。"Vaca 幽幽地说。

我在心里长长地松了一口气。Vaca 将身体往前探了探，将两只胳膊放在桌子上，开始表情与手势并用地给我洗脑。

"你看，我们这里不是家庭厨房，这里是厨艺学校，是专业厨房，我在专业厨房工作了三十多年。当我回到家时，厨房里是我妻子说了算，她是主厨，她给我们全家人做饭。可是，当我戴上帽子（主厨帽），走进这个专业的厨房，我就会告诉自己，我是专业的厨师！"

"专业厨房压力大，这是非常正常的。有的人还在这里哭鼻子呢！"Vaca 瘪瘪嘴说。这时的我暗自庆幸，上次把快要掉下来的眼泪吸了回去是有多明智。

"这里有来自世界各地的学生学习，有的人是为了学会后开一家自己的餐厅，有的人是为了回家做给家人吃，有的人就是为了做给自己吃，每个人来这儿的目的不同，但都是同样要在专业厨房接受训练的。"

"可是，我觉得自己可能真的没法适应，我总是做不到很好，一切都那么不完美。"我终于说出了一直折磨我的心魔——做不到想象中的完美。

"在厨房里,我们需要做的事情很多,如果这里就是餐厅的后厨,外面坐着很多人等着用餐,厨房里我们就只有快、快、快地把菜做好,因为他们是付钱来吃的。这就是专业厨房与家庭厨房的区别。我们在这里不仅仅是教你们做菜,更是教你们成为一名主厨的完整的专业过程。所以,你看到,我们会从很多方面来打分,包括对烹饪的态度。我看到了你的态度。很不错,有热情,很认真。所以,不要着急,你才进入厨房多久?两个月?时间还长,我们都会教你的,不要着急,也不要害怕,会越来越适应的。"

经历过初级阶段的那次面谈之后,我终于把来蓝带受训之前的所有幻想抛到脑后,开始接受专业厨房这个现实。然而,在后来的餐厅实习生涯中,我才算真正地进入专业厨房。虽然蓝带受训的环境模拟了真实的专业厨房,但与实际还是相去甚远,那时的我对于专业厨房的认识,如今看来还是差了一大截。不过,人也就是这样一步一步,去往越来越开阔的地方,才会越来越强大吧。

从小,我就是一个内心自由但自信心不足的人,在现实生活中,不自信一直成为一种束缚,每当我的心快要跳出常规的边际时,是这种不自信拽紧了手中的线,一次次地将我拉回到保守的轨道上来。

我曾经想要刨根问底,这种不自信到底源于什么?

害怕失败,害怕达不到自己心中的完美,害怕验证自己的担心,也可能就是太在意别人的眼光,害怕被嘲笑……

对于结果的在意,导致在过程中时时刻刻不忘紧一紧那根束缚的线,反而没有办法倾注全力专心地去完成本该可以做好的部分。

初级阶段的紧张和压力,也是因为对于结果的过分关注。刚开始的时候,每节课我总想方设法地去偷瞟主厨的打分;在意自己犯的错误主厨有没有看见;在意主厨今天是不是心情不好,感觉他刚才的语气有点生气;还在意主厨是不是对我失去耐心了,会不会扣分。

因为太在意每节实操课的分数,反而在紧张兮兮的不自信中容易失去冷静和原有的逻辑,结果越来越糟糕。

在初级阶段和主厨的面谈之后,我的内心做了调整,不再去过多地关注每节课主厨给的分数,不在意主厨是不是站在我的身后考察我的操作。每节实操课,我试着集中注意力,将所有的关注点都放到每一步操作上。一旦我的关注点从结果转向了过程,所有的不自信好像都消失了。随之消失的,还有之前对专业厨房的种种不适应,我终于开始变得如鱼得水起来。

在从初级到中级的料理晋级中,自信心的提升绝对不仅仅是技术越来越熟练、流程越来越清晰,还有一个非常重要且无法量化评判的能力,这就是对法餐中最精华的酱汁的感觉,从完全没有概念到越来越笃定。

很多第一次接触法餐的人,面对一个硕大的盘子,中央放了一小块煎鱼或者牛肉,旁边点缀着一些棕色、白色、绿色或酒红色的酱汁,摆上几片装饰用的可食用花草,第一感觉就是:这也太浮夸了,尤其是这么一丁点儿酱汁,看起来特别抠门。

以前的我也是这样认为的,酱汁就不能大气地装一小碗吗?

直到我自己开始亲手按照传统的法餐技法熬制酱汁,才知道这么一点点似有若无的宝贝般的酱汁,才是整道菜里最复杂、最精华的部分啊。

在初级料理班的课程中,起初因为调味"不对劲儿",被主厨说过很多次,明明我已经按照要求放过了盐,为什么主厨吃完总是说"调味要多一点"呢?在同样的情况发生过很多次之后,我终于意识到,不是我一个人出现了这样的情况,在实操教室里,这是亚洲同学普遍出现的状况。为此,我们私下里还讨论过原因,可能是亚洲口味相对于这些主厨来说过于清淡,而在料理中,从来不会有人告诉你盐要放多少克(食谱中写的那些只能给你当作参考值)。对于在"盐少许"这种中华料理背景中长大的我们来说,"少许"大概就是一点点,在试味道的时候,我觉得合适的调味,到了主厨那里总是觉得不够。

有一次,我拦住主厨认为做得不错的同学的盘子,拿起勺子盛起一勺酱汁放进嘴里,确实,多放了盐,但也不至于会咸到无法下咽,只是整道菜的滋味似乎都更强烈了一些,像是在拍照时加深了对比度,让甜味、鲜味都更加突出,与我们亚洲风格料理相比,确实是更加鲜明和印象深刻。

于是,在调味这件事上,我试着在每次尝过味道而且自己觉得还可以之后,再狠狠心抓起一撮盐放进去,逐渐地,调味这件事便不再困扰我,而我也慢慢开始试着接受多一撮盐的法式料理。

盐和胡椒撑起了整个法式料理的基础调味,这也是我最喜欢的方式,通过简单的调味,不刻板却又很精确地将食材与酱汁的风味凸显出来。

说到胡椒,至今仍然清晰地记得主厨在品尝了别的同学放多了胡椒的料理后说的话:"调味这件事,不需要太精确,但必须恰到好处。就像这道菜,最好的调味,就是知道这里有胡椒,但是却吃不到胡椒。"很玄,是不是?但是,做料理,说到底其实也是一个凭感觉的技艺,没有甜点那么准确和容易复制,同样的一道菜,不同的人按照同样的方法去做,可能吃起来感觉都不太一样,因为都带着自己的风格。

※ 粉色的喜马拉雅粉盐和松露盐之花

在升级到中级料理班后,我对于调味的分寸、酱汁的质地等这些最需凭感觉却最重要的部分逐渐有了自己的感知。做菜的时候,不再像一开始一样要不停地尝,还会在过程中不停地给别人尝,询问别人的意见,因为自己对此完全没有把握。

终于有一次,我自己给熬好的酱汁试味,吃了一口,咂吧了两下嘴唇,好,完成了。我轻松地放下勺子,不再反复地去尝,这一次,终于可以对自己的调味技艺有了"不用再尝第二次"的信心。

这种对于味道的自信满满建立起来后,做什么都变得顺手起来,对于厨房也不再恐惧,压力慢慢减少。因为感觉自己对于厨房和料理的掌控力逐渐增强,这种自信顺理成章地传递到了所做的料理中,所以主厨才会尝到那一天最好的酱汁。

原来,厨师如果对自己做的料理自信,吃的人也会感受得到。

中级料理班,照例又进行了一次主厨面谈。

这一次幸运的我们,遇到了学校料理主厨的老大,也是受人尊敬的 MOF(法国最高手工艺者终身荣誉)菲利普·格鲁特(Philippe Groult)。这位可爱的老爷爷(MOF 平时不带课)真的是老派法国主厨的代表,谦和、幽默、淡然,完全不像是在厨房里叱咤风云、呼来喝去的主厨。看着他笑眯眯地坐在面谈教室里,心放下了一大半,小厨师心里那些纠结的小情绪在老 MOF 眼里基本无大事,似乎再大的事儿到了他这里都不叫事儿了。

那天中午,推开面谈室的门,里面坐着老 MOF 和翻译阿姨(负责将 MOF 的法语翻译成英语),我照例还是等着听主厨训话。翻译阿姨把我的中级阶段成绩单交给 MOF,老 MOF 看了一眼分数,发出了一句感叹词,又一项一项地看起了分项的分数。翻译阿姨这时

※（上）我和同学一起在活动中与男神的合影
※（下）蓝带巴黎校区料理主厨男神团队（不完全版）

偷偷对我做出一个"很棒"的嘴型,并偷偷给我一个手动点赞的手势。

在中级开挂的学厨生涯中,我心无旁骛地拼尽全力做好每一道菜,结果竟然冲到了班级前五名。作为一个拉高了全班整体年龄值的老阿姨,这是我从来没有想到的结果。

和 MOF 聊了一些常规的话题后,MOF 突然问了我一个问题:"毕业后,你要去实习吗?"

在当时,我其实并没有完全确定毕业是直接回国,还是留下来实习,但是面对老 MOF 期待的和善眼神,我怎么能够视而不见。

"是的,我想去实习!"

老 MOF 和翻译阿姨小声嘀咕了几句,问我:"你想去哪间餐厅实习?"

我一时没反应过来,这问题我还没有认真研究过。

老 MOF 看我没有回答,补充了一句,"你是想去米其林一星、二星,还是三星餐厅实习?"

我,没有听错吧!他在问我要去哪间米其林餐厅实习……

所以说,一旦自己的内心无所畏惧,全世界都会来帮你。我内心的波涛汹涌无法形容,在接下来的几秒钟时间里,我迅速地在心里做出了取舍:三星?那不可能,不能提出这种厚颜无耻的非分之想。一星?好像,似乎还有一点空间,要不再往上够一够,说个二星试试,如果 MOF 觉得太勉强,能去一星我也开心到要飞起啊。

"你知道吗,去越好的餐厅学到的东西越多,如果我是你,就会选去米其林三星餐厅。"老 MOF 果然有很深的谈话套路。

"三星?不行,太难了,我做不好的。"在听见去三星的时候,竟然不是兴奋和开心,而是因为太过于不真实,竟然生出这样的胆怯,看来还是没能按捺住根深蒂固的不自信。

"你不去试试怎么知道不行？"MOF 问。

"我的个子太小了，不够强壮，只会麻烦大家。"我的第一个借口。

"你看，我也不高，一样工作得很好。"MOF 安慰我。

"我法语不太好，会听不懂的。"我的第二个借口。

"我一句中文都不会，不是一样在上海工作过？在厨房里工作，不是聊天，是做事情。"MOF 继续劝慰我。

我还能说什么呢？MOF 给予我这么大的鼓励和信任，不管是天堂还是炼狱，总要去试一试。于是，才有了人生中最刻骨铭心的一段在巴黎米其林三星餐厅厨房里的传奇经历。

▎第一次上战场——外交晚宴服务

蓝带在塞纳河自由女神像旁的新校区，作为这座历史长达一百多年的老牌厨艺学校与现代相结合的第一次尝试，除了高大上的校区设备完全按照米其林厨房标准配备，更是作为料理艺术的活动空间，尝试接待各种与美食相关的活动。

第一次参加这种高大上美食活动的我既兴奋又紧张，因为作为帮厨，并不知道明确的任务，只知道要和主厨们一起完成当天活动的所有食物。

料理班、甜点班、面包班、红酒班的帮厨学生在活动会场里跑来跑去，拿食材，摆展示台，做一些辅助工作。MOF 和主厨们倾巢出动亲自上阵，行政主厨和校长一起在一块白板前排兵布阵，平日里简单朴素的会议室被精心布置成优雅而精致的晚宴现场。

当我正在一间教室随机地找活干的时候，学校负责行政的女士进

※ 主厨们紧张地讨论着活动安排

※ 侍酒师班的同学也忙着擦亮酒具

来，大声问道：谁现在有空，可以去帮一下主厨 Renata？她在隔壁的教室做料理。短暂沉默后，我怯怯地举起了手说："我有空。"

巴西驻法大使馆行政女主厨 Renata 身着合身的厨师服，扎着漂亮而利落的马尾，亲和又利落的气场一下子就抓住了我。Renata 告诉我，今晚我是她唯一的助手，和她一起做一道菜给参加活动的大约四百人享用，还要和她一起出菜，并和来宾互动。

一瞬间，我的呼吸暂停——毕竟在蓝带这么久，都是同同学们在一起，和熟悉的主厨一起上课和练习，最多也就是出一道两人份的料理。当晚，在这间临时提供给我们使用的实操教室里，我和第一次见面的陌生主厨将共同完成四百人份的从没有做过的料理（虽然只是一道前菜），对我来说，是一次前所未有的挑战。

没时间想那么多，距离晚宴开始只剩下两个小时了，主厨 Renata 迅速和我分工。当晚要做的是一道烟熏甜椒汤配油炸鸡肉丸子，虽然已经是处理过的半成品，但是要在这么短的时间里给来宾们端上热乎乎的汤和刚刚炸好出锅的丸子，并分装在汤碗和小树叶编制的碗里，也不是一件容易的事。

主厨 Renata 交代完工作就出去了，因为当晚她还要接受采访，以及和校方、美食界、外交部的来宾们社交，留下我撸起袖子开始干活。

用鸡肉、红豆捏制的丸子，是一种巴西的特色美食。丸子要先塑型冷冻，然后油炸至外表呈现金黄色，再送进烤箱烤到完全熟透，最后还要想办法保温，确保后面的来宾也可以吃到热乎乎的丸子。同时，还要准备烟熏红椒酱汁，热好后保温。在即将出菜时，先往深盘里浇上红椒酱汁，再摆上炸好的温热丸子，做一点装饰后才可以出菜。

那天晚上，这一切步骤都变成了我一个人的战斗。主厨 Renata 不停地在忙着和各位来宾寒暄；因为来宾们进入这间厨房必须知道今晚在这里会品尝到什么样的料理；由于空间有限，大家都是陆陆续续地挤在这里，主厨在忙着介绍的同时，我必须准备好料理，并在恰当的时机递给每一位来宾。

因为是全程开放式的厨房环境，所以很多人直接过来围观我的操作过程。我呢，除了时不时要回答身后围观来宾的问题，还需要在这些晚礼服女士和西服绅士之间端着锅碗瓢盆穿过。有时，因为人太多，我根本挤不到烤箱跟前。我这种仅仅够到别人肩膀的身高，要不是戴着厨师帽，在人堆里根本没人看得见。实在忍无可忍时，我也会大喊一嗓子："麻烦让一下，女士，先生。"

这时，几十号人的眼睛齐刷刷看向我，人群立刻自动分成两列，我，一个小小的亚洲小厨师，端着硕大的烤盘，从人群中间，从两排注视的目光中走向烤箱。烤箱跟前，一位西服修长合身的法国帅哥看我站定在烤箱前，立刻弹起来，帮我拉开烤箱门。在我把烤盘塞进去并拿出之前烤好的一盘丸子后，他赶紧麻利地帮我把烤箱门关上。说完"谢谢"，我用抹布垫着端着盘子往回走，嘴里喊着厨房常用语："chaud（烫）！"抬着下巴，傲娇地走回操作台前，人群自动在我身后合拢。

厨师的尊严，在这种场景下体现得淋漓尽致。

有一位女士走过来，问我正在做的是什么，我说是烟熏红椒汁配炸鸡肉丸子，她立刻惊恐地叫起来："辣椒？这里有辣椒？"

我说："是甜椒，不辣的。我们中国的辣椒才叫辣呢！"

"不不不，不要辣椒的。"那位女士直接拿起一个鸡肉丸子。

"女士，吃鸡肉丸子搭配一点点红椒酱汁才会比较好吃哦。"

※ 当晚外交活动中的展示食物

※ 当晚制作的几百份来宾试吃食物

※ 来宾们分批参观与品尝

※ 与美丽的女主厨Renata庆祝活动圆满完成

"不,我不吃辣椒!"说完瘪瘪嘴,我心里暗想,固执的法国女士。

也许是亚洲小厨师搭配巴西女主厨的组合不太常见,很多来宾都跑过来和我们合影,还有一位据说是来自美国的爷爷,一定要和我们交换邮件地址。看着女主厨 Renata 端着酒杯在几十号来宾中谈笑风生,突然发现原来主厨不仅仅是只会做菜和管理厨房那么简单。在法国,厨师都需要走出厨房,来到宾客中,与宾客交流关于食物的文化,这种影响对日后我所从事的餐桌文化工作也产生了积极的影响。

活动过程中,为了配合主厨的讲解,我会提前根据主厨的表情和谈话进展,判断什么时间将已经凉掉的丸子和酱汁拿去重新温热。Renata 每次盼咐我去热丸子的时候,我都会立刻将已经热好的丸子递给她,对于我这么有眼力的助手,她表示非常满意。活动结束后,学校管理行政的女士,就是带我过来的女士对我的协助深表感谢,她说主厨对我的工作很满意。活动结束后,主厨在社交网站上发照片感谢了我,第一次参加四百多人的外交晚宴活动算是一次小小的实战,我的成绩还算不错。

活动结束后,在人来人往的学校里,我瞄准机会从一堆国旗中找到了五星红旗,开心地拉起来拍照。第一次在这样的场景下和国旗合影,那一刻心里充满了满满的自豪。

凌晨四点,全球最大食材市场的繁忙

你见过凌晨三点的巴黎铁塔吗?

我见过。我们一群厨艺学校的小厨师们,一起在我河边的小公寓

※ 我与国旗的合影

里熬了半宿，吃了小火锅，喝了一大壶奶茶和咖啡，在漆黑的半夜出门，穿过格勒纳勒桥，看着漆黑熄灯的铁塔，去河对岸的位于学校门前的车站集合——一群哈欠连天的小厨师要去参观全球最大的食材和鲜花批发市场 Rungis（汉吉斯国际批发市场）啦！

我们本以为自己已经是世界上最勤劳的人了，到了 Rungis，全部傻眼，这么大的批发市场可以称得上一个小城镇，而这里的人们似乎都不睡觉的，凌晨四点看起来却像是下午四点一样，一派繁忙。

后来才知道，每天早晨，巴黎各个著名的餐厅、酒店负责采购的人员或者是主厨本人，都会来这里现场验收预订的食材，市场不接受散客早上来买菜，因此我们只有看看的份。主厨和采购人员根据

※ 鱼类市场里繁华热闹的工作场景

预订的货物或是临时决定采买的食材，现场查看食材的品质，与摊主沟通最终的价格并进行交易。

这些每天半夜新鲜运到的食材，必须要在最短的时间内，于早上七点以前内运到巴黎市内，餐厅从八点起开始处理食材，人们在当天的午餐和晚餐中就可以享用这些沾着清晨露水的食材。这么多人，日复一日，如此辛苦，就是为了食客们能吃到新鲜可口的料理，所以，看到这里的你们，请一定要珍惜食物，善待每一口料理吧。

1- 鱼类市场

全世界海洋里的鱼，在这里都可以找到。那一只只白色保鲜泡沫箱，简直就是将一小片一小片的海洋打包运来了这里。

看看这肥硕健美的来自大西洋深处的蓝鳍金枪鱼、来自日本海域的黑鲔鱼、来自丹麦的三文鱼、来自地中海的各种奇怪的小鱼、来自太平洋的鲨鱼，以及来自挪威的大扇贝，等等，全世界海域里最优质的蛋白质和最健康的脂肪都集中在这硕大空旷的白色大厅里。

※（上）来自热带海域的小鲨鱼
※（下）来自日本的黑鲔鱼

※ 装在白色泡沫箱中的金枪鱼

2- 肉类和禽类市场

进入肉品区的冷库，身上骤然一抖，零下十几度的温度冻得我们瑟瑟发抖。眼前，是一排排巨大的红色肉体，我们着实被惊到了。

置身在这可怕的肉类储存场景之中，居然感受不到一丝一毫的血腥。如果要用一个词来形容整个肉类储存空间的超级大冷库，那就是——专业。

所有的肉类，按照屠宰时间、部位被分割开，整齐地悬挂起来，在恒温（低温）恒湿的大冷库中保存，本身就是一种干式熟成的过程。动物在屠宰后，肌肉会分泌乳酸，将肉类悬挂起来，可以拉长纤维组织，有助于排出乳酸，再加上这恒温恒湿的环境，可以看到摆放着不少优质的熟成牛排，光是想想就要流口水了。

毫无防备的零下十几度让我连续打了十几个喷嚏，好在同组的印度小姐姐给我一条厚厚的大围巾，拯救了我。裹着大围巾，戴着浴帽一样的防尘帽在一排排肉林中穿梭的我，幻想自己变身为拥有这样奢华冷库的土豪。

离开那些体型硕大的肥牛，进入小巧可爱的禽类专区，才知道法国人是有多爱吃各种禽类——野鸡、野鸭、鸽子、鹌鹑、珍珠鸡，每一只大小相仿、颜色一样的禽类被整齐地码放在小盒子里，羽毛还闪着光，就像是挤在一起睡觉。

※ 在肉的森林中穿梭

3 - 蔬菜市场

在经过了一系列重口味的视觉刺激后，进入最喜爱的蔬菜专区。从没有想过，这种超大型食材批发集散地竟然可以做到如此井井有条，甚至在摆放时还精心地考虑了造型和颜色，法国人的浪漫和对美的追求完全是深入骨髓的。就连随手摆一盒大蒜，也可以做到这样的美感。我在心里默默地回想了一下小时候记忆中脏乱差的菜市

※ 各种颜色的花椰菜

场,觉得流连在这些娇艳欲滴的蔬菜中,简直就像在莫奈花园里穿梭似的。

  对于每日与食材打交道的厨师来说,天堂的样子差不多和这里一样,五彩斑斓、生机勃勃吧。南瓜可以有这么多品种,大黄这种酸酸甜甜的植物看起来像彩虹一样美丽,不同颜色和品种的番茄做的沙拉就像是盘中的四季。

※（上左）酸酸甜甜的大黄
※（下左）美得像艺术品的各种南瓜
※（上右）样子奇怪、味道清新的芹菜根
※（下右）摆盘常用到的小红萝卜

※（上）娇艳欲滴的各色番茄　※（下）粉皮的大蒜

我们访问 Rungis 市场的时间是秋天，正是各类根茎蔬菜收获的季节，可以想象到，在万物复苏的春季应该还可以在这里见到绿芦笋和白芦笋的踪迹吧。

在这座食材之城中经历了世界上最棒的食材洗礼之后，走出市场，巴黎郊外的天空正透出一丝曙光。这座城还未苏醒，很多人还在甜蜜的梦中畅游，而在远离居住区的这里，一切已经准备就绪，只需几个小时，便会将这些全世界最美的盘中风景送到厨房，热血的厨师已穿好整洁的厨师服，磨好刀具，随时准备着用双手为这刚刚醒来的城市奉上最新鲜的美味。

如果你有幸品尝到令你难以忘怀的滋味，请记得，那是有人在为你默默地守护着味蕾。

请不要浪费食物，请不要过度索取。

第 三 节
料理学徒的日常寻味

▍**米其林星星的滋味**

说到法餐，大抵就是一个高大上的米其林星星的样子吧，很多人想到法餐第一个蹦出来的词，应该就是"米其林"。在成为专业厨房人士之后才知，除了米其林，还有"世界最佳50家餐厅""亚洲最佳50佳餐厅"等新时代的榜单逐渐进入大家的视野，米其林不再是唯一。

虽然不再是唯一，但是米其林品鉴的标准仍然是伴随着西方餐饮史的发展以及时代的餐饮特色，给出的相对全面的评价标准。每一个来到巴黎的人，说到美食，都会对米其林多多少少有一些向往吧。

近些年，有越来越多经济条件优厚、家境殷实，又对美食有要求、有品位的民间食评家探出了一条"摘星之旅"。除了深深地羡慕这些可以摘到一百多颗星星的超级食客之外，作为在巴黎学厨的小厨师，怎么能不知道米其林星星的滋味。

初级毕业典礼结束的时候，终于有了假期的我们，迫不及待地预订了一间离学校不远的米其林一星餐厅，是一家位于15区一条安静小巷子里的低调餐厅。

第一次摘星对我们来说，是人生中一个非常重要的时刻，所有的人都早早地到了，来回在巷子里走了几遍，两次错过了餐厅的大门后，终于勉强认出了这间简直低调到墙根里的餐厅。还没有到营业时间，于是，我们忐忑地在门口徘徊，想透过被布帘子遮挡的玻璃门向内窥探，但很快有一个穿着西服的身影出现在布帘子缝隙处，结实地堵住了我们好奇的心。

这顿其实不太贵的午餐到底是怎样的惊艳，需要将保密工作做得这么好？就在我们吐槽着故弄玄虚的第一次摘星前奏时，用餐时间到了，布帘子揭开，大门打开，礼貌且高冷的服务生请我们进去用餐。在核对了人数是否和预订信息一致后，接过我们手上的外套，带领我们坐到了一张靠墙边的白色长桌旁，帮我们拉开椅子坐定后，递上午餐的菜单。

因为都是第一次吃米其林，不太清楚到底是一道一道地点菜，还

※ 岁月静好的15区米其林一星餐厅低调的招牌

是只要点套餐就好。询问过后得知,只需要在给出的套餐中,从三种前菜、两种主菜、两种甜点中各选一种凑成一套就可以了。在这样的选择中,爱吃鱼的可以点海鲜,爱吃肉的可以点牛肉,所提供的选择完全覆盖了素食者、肉食者、海鲜过敏者、鸡蛋/奶制品过敏者的各种需求。接下来还要选是喝气泡水还是普通的水佐餐,还有选酒,所有的细节都要完美地搭配,这才是能够出现在米其林星星榜上的必要标准。

即使是一顿普通的午餐,餐厅所提供的食物也远不止我们所点的

※ 桌上摆着被收录其中的米其林指南

　　三道菜，还有最先上的 Canapé(开胃菜) 及 Salade(沙拉)，以及吃完甜点后的 Les Petit fours(餐后咖啡四样套餐)。随餐的几种面包都是可以随意添加的，所以，不要再问"法餐那么一小口，怎么能吃得饱"。因为有无限量提供的新鲜出炉的面包啊，当然可以吃得饱，且不浪费。

　　气泡水上来后等开胃菜的间隙，我们这群第一次摘星的小厨师，在这安静的性冷淡风格的小餐厅里，一边用中文嚣张地对餐厅品头论足，一边时不时地瞟着厨房。

　　这间餐厅的主厨是日本人，所以菜品整体风格是最近巴黎刮起的日法混搭风格，可能是因为空间特别局促，所以为了在视觉上显得大一些，餐厅装饰得极简，整个用餐区域只有白色这一种颜色——

※ 低调克制的餐桌装饰

白墙、白屋顶、白色的桌布。玻璃隔开的半开放式厨房,金属餐具在白色桌布上发出寒光,桌上玻璃花瓶里插着黄色玫瑰。

在这样清冷的餐厅用餐,说话声音稍微大一些都显得格格不入,因为空间有限,相邻桌子之间的距离其实完全可以听见彼此聊天的内容。平时大嗓门的我尽量压低音量和同学们交谈,免得引起周围人的不适。这种适用于公共场合的说话音量,我至今仍掌握不好,要么不自觉地突然大声,引来周围人嫌弃的眼光,要么小声到用气息来说话。

第一次吃米其林星星的我们,其实对于道听途说的用餐礼仪都知道得不全。现在回想起来,旁边站得笔挺、阅人无数的服务生一定是早就猜到了我们的来路。

对于刚刚开始进入厨房、第一次摘星的厨艺学校学生来说，最感兴趣的部分，除了菜品，应该就是厨房了。那间用玻璃隔开的小小空间像是一块强大的磁铁，把我们的目光牢牢地吸住，难以自拔。第一次近距离通过半开放式厨房看到餐厅中厨师的操作，这不是演习，不是教室，这可是真实的出餐场景啊！可是，这第一次的印象因为太过于云淡风轻，导致我后来真正在米其林厨房里工作时，感觉受到了严重的打击。

在玻璃房半开放式厨房里，我们看到一位身材和我差不多的女厨师埋头从一盒花花草草中挑选适合摆盘的叶片，这项工作后来我也亲自做过。厨师之间的交流平静如行云流水一般，没有乌烟瘴气的油烟，没有面色潮红汗流浃背的厨师，没有歇斯底里的骂人主厨，甚至没有我们在实操教室里那样的紧张与慌乱，面对餐厅里已经坐定、等着出餐的食客，每个人似乎都非常明确自己的工作，也清楚地知道时间，同时还拥有灵魂伴侣般的默契，配合得完美且恰到好处。

这一切让我们十分不解，在餐桌上讨论起来，为什么米其林的厨房如此云淡风轻。百思不得其解，只能猜测，一定是因为他们的厨房根本不止我们所看到的这么大，后面一定还有很大的厨房空间，是做着煎炸烹烤这些不太好看和乌烟瘴气的工作的，前面展示给我们看的操作部分就只有这些最后的装饰工作，并且大部分菜品已经在后厨完成了大半，交到前面来的时候，只需要简单拼装、完成装饰就可以出餐了，而这也是主厨最想要展示给食客的部分。

如此一分析，立刻觉得特别合理，果然还是专业视角的分析，和后来我们在餐厅工作的实际情况完全一样。我之前说什么来着？展示出来给人看的部分都是可以看的、美的形象，而背后一定有人在做着最辛苦最累最脏的工作。

尽管岁月静好的厨房风格带有半表演的性质，但是不可否认的是，这一餐所出的菜品是和餐厅整体风格完全一致的精致，且带有浓浓的和风料理特色。

从摆盘到风味，整体都是清淡的日式风格，加入了花椒、昆布等亚洲元素，除了主菜的牛肉是明显的法式风格，其他菜品都始终觉得是日料的法式呈现。在如今有了更多的摘星经验后，再回头看看这第一次摘星的体验，精致的料理形象确实是留下了不同的深刻印象。

有时候想想，这真的是一个多元的世界，巴黎更是一座世界美食的大熔炉，什么类型的料理只要用心制作，都可以谋得一席之地，就像这间小小的低调而高冷的米其林一星餐厅，没有网红店踏破门槛的潮人自拍，没有老牌知名米其林餐厅的明星主厨坐镇，没有上流社会在金碧辉煌的奢华餐厅里觥筹交错的社交场景，就这么安静地存在着。所有在里面工作的人员，从主厨到厨师，再到服务员，每个人都很满足且一丝不苟地完成着每一天的工作，并没有因为桌子没有坐满而感到失落，也没有因为被评为米其林一星而骄傲膨胀，这大概就是暗藏在街道上的巴黎匠人情怀吧。

吃过的"星星们"，有的印象深刻，有的因为期望值太高，反倒是非常失落。下面这间餐厅，之所以在我的心里有着特殊的地位，大概是因为这是一间在巴黎的女主厨所运营的中法融合米其林一星餐厅吧。

在被美食界誉为必看纪录片的《主厨的餐桌》(Chef's table)，目前已经出完了第四季，在第三季专门的法国篇中，出现了一位在

※ 开胃菜惊喜地用花椒搭配鹅肝

※ 充满和风元素的精致汤品

※ 小清新风格前菜沙拉

※ 中规中矩的主菜之一

※ 没有很多惊喜的前菜之二

※ 甜点巧克力塔

男人的厨房里拼搏的女主厨爱德琳·格拉塔德（Adeline Grattard）。

爱德琳的先生是中国香港人，他们像多数异国恋一样，在法国相遇相识。那时，爱德琳还在巴黎现在炙手可热的米其林三星餐厅 Astrance 工作，后来辞职跟着先生去了香港，进入香港的酒店餐厅工作。在克服了语言障碍的同时，她努力学习粤菜的精华，终于有一天，带着在东方所学的手艺，和先生一起回到巴黎，在市中心开了一家叫作 Yam'Tcha（山茶）的中法融合料理餐厅。

他的先生在隔壁不远的街道上开了一家小小的茶室，夫妇二人一起运营着两家店。因为在巴黎中法融合料理的餐厅只有几家，且法国人对于中餐的评鉴也确实因为知之甚少而感到无从下手，而在这里，至少可以吃得懂，一些中餐元素以法餐的方式呈现，整体上还是法餐。这种程度对于喜欢附庸风雅的法国人来说简直太吸引人了，很快，食评家、米其林侦探蜂拥而至，最终摘得了米其林一星的成绩。

作为在法国学法餐的中国人，怎么可以错过这样的学习机会呢？于是，几个同学选了一个没有课的日子，提前大概三周预约了一顿正经的晚餐。

在这顿晚餐之前，我们每个人都把《主厨的餐桌》里介绍这位女主厨的那一集仔仔细细地看了一遍，不放过每一个细节。这种刚从纪录片里看过、接着就亲自去体验一家餐厅的感觉太好了。小厨师们几乎是带着朝圣的心来到了餐厅。

服务生将我们引至我们预订的餐桌前时，发现餐厅几乎所有座位全部坐满，巴黎人对于这种吃得懂的亚洲料理果然充满了向往。落座后，餐厅经理和我们寒暄一番后，得知我们都看过《主厨的餐桌》，脸上立刻浮现出明明很骄傲却故作谦虚的笑容。他告诉我们，很多人都是看了这个纪录片后慕名而来的，看来是对这次成功的市场宣传成果很满意。接着，我们告诉他，我们是蓝带学习法餐的学生，经理果然又浮现出一副"既然是内行，那我就不吹了"的神情，和我们说，欢迎我们体验，等一会儿可以让我们参观厨房，并在寒暄得恰到好处时递上菜单。

简单的菜单可以选择的部分只有前菜和主菜，而对于顿顿少不了酒的巴黎人来说，最吸引眼球的部分大概就是这里特色的酒单了。这时，餐厅经理为我们隆重推荐了今晚帮助我们选酒的侍酒师，她还是位侍茶师，后来成了我的好友——中国女生雪婷。

一开始，雪婷和我们说法语，我们也不敢贸然和她说中文，终于在我们几个中国同学用中文聊了几句后，雪婷终于亮明了同胞身份，这顿本来有些拘谨的正式晚餐，立刻变得亲切自然了起来。

雪婷告诉我们，这里的酒单分为三种——全酒单、全茶单、半酒半茶单，可以根据自己的喜好选择一种。由于第一次见到这种侍酒形式，因此为了保险起见，我们选择了半茶半酒的形式。也就是说，每道菜都有一道搭配的酒及一种搭配的茶，可以同时体验两种文化与菜品的融合。

听起来设计很棒，但对于出生在茶乡安徽的我来说，整场晚餐吃下来，真心觉得茶的加入没有任何存在感。可能是因为主厨本人只是对粤菜有着深入的了解，除了乌龙茶、普洱茶、高山茶之外，对于我们江南引以为豪的绿茶所知甚少吧，可以搭配的种类也比较有限，因为在法国，茶的等级也不会有国内的好。我悄悄地问了雪婷，今晚用到的都是什么茶，雪婷瘪瘪嘴，懂了！所以侍茶的环节没有给我留下什么印象，算是当晚的一个小遗憾吧。

在这里，我并不是想写一篇食评，所谓的中法融合也没有那么容易，不是仅仅把中餐的元素运用到法餐中，或是将中餐用法餐的手

※ 配餐的高山乌龙茶

法呈现出来那么简单。从母胎里带来的味觉记忆会让我们觉得，外国人怎么做中餐都有些奇怪，没有那么和谐，可能是把配鲛鳒鱼的酱汁里的白葡萄酒换成了绍兴黄酒，煮了一团土豆粉堆在盘子中，或是用中式炒锅炒了一棵带着锅气儿的上海青作为配菜（在法餐里青菜都是用黄油加盐的开水煮熟），味觉上的融合，不是简单的叠加和替换，而是要找到每一种食材最突出的特性，找出中法两方真正相似或互补的味道再进行融合，才会让无论是法国人还是中国人吃一口后都觉得，嗯，是熟悉的味道，但是又好像不一样，不过这样也很好

※ 当晚的配酒

※（上）黄酒酱汁泡沫的前菜　　※（下）主菜的香槟泡沫鮟鱇鱼

※（上）甜点无花果塔　　※（下）前菜金枪鱼、中式粉丝沙拉佐酸辣酱汁

※ 晚餐温暖结尾的奶酪包

吃啊。

　　在当晚的主菜全部上完后,端上来一个可爱的粤式的小点心蒸屉,里面放着一个看起来像广式早茶里的流沙包。拿起这个包子,用手撕开一个裂口,准备一探内馅的究竟,与从裂缝里喷出来的一股热气相伴的,还有一股既熟悉又陌生的香气。这是……香菇,还有……奶酪!没错,这个外表平淡无奇的奶酪包成了整餐给我留下印象最深刻的菜品。

　　当我将拉出长长奶酪丝的一小块包子放进嘴里时,温热的面团与内馅复杂的鲜味裹在一起,香菇与蓝纹奶酪的搭配,是我应该想到、却怎么也不敢想到的食材组合!一个是我最爱的食物,另一个是我最怕的奶酪(就是那种长着蓝绿色霉菌斑的奶酪,在奶酪品鉴课上,我曾生吃过一口蓝纹奶酪,那种像是吃了一大口墙灰的感觉让我差点当场喷出去),带着各自相似又特殊的鲜味物质交织在一起,最极端和对立的两个世界,就这么被一枚温热的包子和解了。这枚奶酪包吸引了我全部的注意,以至于我已经想不起来后来又吃了什么甜点了。

晚餐结束后,我们仍然恋恋不舍,等待着说好的参观厨房,等到全部客人都结束用餐,我们成了最后一桌食客。终于,主厨爱德琳从厨房中走出来,来到我们的桌前,简单寒暄后,带我们穿过走廊进入那间半开放式的小小厨房,和以后我实习的厨房相比,这真是一间一转身就会撞到别人的小厨房。总共有五位厨师在这里忙碌,和以后参观过的众多小后厨一样,小厨房的烹饪区域沿着四周设置,中岛是一个巨大的共享操作台,在距离灶台最远的角落里,是与世无争的甜点区,来自另一间巴黎著名甜点学校 Ferrandi(斐航迪厨艺学院)的甜点师在角落做着最后的收尾工作。整间小厨房里最与众不同的设置就是有一口巨大的圆底中式炒锅,看着这口锅,脑海里不自觉地浮现出主厨在这口锅前颠勺的场景。

利用厨房里厨师们做收尾工作和做清洁的时间,我们围住主厨七嘴八舌地聊起来。也许都是当妈的人,爱德琳和我一直在聊她的工作与生活的平衡。她告诉我,作为妈妈和主厨,这很难,如果不是她先生一直在帮她,可能早就撑不下去了。每天她都会抽时间去接送女儿上学放学,把女儿接到不远处的茶室,由先生来照顾她,再送女儿回家休息。而她每天都要忙到深夜,几乎照顾不到女儿的生活。说到这里,她无奈地耸耸肩,作为一位为了确保品质而亲力亲为的

※ 出菜时间的主厨及团队成员

主厨，成了厨房里最辛苦的人，所有的精力都奉献给了灶台，对于家庭可能只剩下内心深处深深的亏欠。

接近午夜，爱德琳还要去厨房准备第二天的订货和备料的安排，她的先生早已带着女儿回家休息，我们也不忍心再耽误她宝贵的休息时间，匆匆合影祝好后离开。

看着爱德琳穿着厨师服的疲惫身影消失在街角，内心充满了满满的敬意。女性主厨的职业生涯真的要比男性牺牲和付出的更多，甚至往往还有着很多不被人理解的委屈。但是那些在厨房忙碌的女性，仍然是餐桌边闪着光的最美的女神！

后来，在离开巴黎前，我又去过一次爱德琳的丈夫陈先生开的茶室，带了朋友帮我从家乡带来的六安瓜片和祁门红茶，作为临别的礼物送给他和爱德琳。他大概是没有太多机会去品味绿茶，拆开后，小心地从袋子中舀起一撮茶叶，问我够了吗，我点点头，一套完整的工夫茶具搬上来，我们边品茶边聊天。间隙，我从开放式厨房的玻璃后，看见了高耸的蒸屉正在蒸包子。陈先生问要不要吃两个包子，我的内心斗争了一下，最终还是放弃了，大概是因为那天夜晚温暖的包子给我带来的感受太美好，而世间最美好的体验，最好只经历一次，我只想永远地保留这份美好的记忆和感觉。

CHAPTER 3

第 三 章

欢迎来到米其林三星餐厅后厨

※ 餐厅后门奢侈的大草坪

在巴黎的一年,有了这么多有趣、美好和精彩的经历,而这所有的好运气,大概在毕业实习这件事上达到了顶峰。

第 一 节
走错了片场的小厨师

▌史上最小厨师鞋

巴黎香榭丽舍达到尽头,临近爱丽舍宫,协和广场旁边,小皇宫后的草坪上,一幢独栋的二层建筑,就是我实习的米其林三星餐厅 Pavillon Ledoyen-Alléno(莉朵嫣亭),一家始于 1792 年的老牌米其林三星餐厅。餐厅的主厨 Yannick Alléno(雅尼克·阿莱诺)就是创办了世界上格调最高的美食杂志 YAM 的那位在一群老爷子里英俊到发光的明星主厨。

结束了短暂的回国探亲假,回到巴黎的第二天,就是去餐厅面试的日子。我们最可爱的 MOF 爷爷亲自带我去餐厅找主厨 Yannick，可是，我们居然乌龙地等岔了地点——他在餐厅门口的冷风中等我，我在学校的办公室门口等他，最后 MOF 爷爷等不来我，就自己回了学校……本来说好的推荐面试，就这样变成了我独自一人与餐厅人力资源部门的面试。还好一切顺利，当天就拿到了入职通知，并签订了合同。

作为两百多年来第一位在 Ledoyen 的厨房工作的中国人，第一天上班时，约好的人力资源部的人没到，我一个人在前厅溜达，遇到了后厨颜值担当的意大利副主厨，问我是干吗的，我说我是新来的实习生。

简短的自我介绍后，副主厨说，不用等了，换好制服，直接开始工作！我的资料还攥在手里，说好的介绍和参观呢，直接工作？我不敢告诉副主厨的是，这是我人生中第一天在厨房里工作！

因为毕业的时间是在 11 月，紧接着的实习，顺理成章的应该是在 12 月，所以，我也没有多想，没有给自己休息和缓冲的时间，直接开始了 12 月的实习。然而，我在这里忽视了一点——12 月和 1 月是所有餐厅全年最忙的时间，接连到来的圣诞和新年，后厨将会是怎样的疯狂，那时的我完全没有概念。

因为能进入世界顶尖的餐厅进行实习，简直是实现了一个遥不可及的梦。所以在签订合同后，我就迫不及待地想要进入梦想的厨房开始工作，根本等不及再悠闲地度过一个周末。

于是，12 月的一个周五，这间餐厅迎来了一位穿着 35 码厨师鞋、厨房零经验、完全一头雾水的实习生。

在蓝带高级阶段的实习指导课上，负责实习的女士曾经夸张地告诉我们，要做好思想准备，实习不是我们想的那么美好。作为新进实习生，可以说就是厨房生物链的最底层了。作为底层员工，不要以为直接就可以去做菜，很多时候，都是做一些削土豆、切洋葱这样的最简单工作，而且可能这种没有技术含量的简单工作要持续一至两周的时间，甚至还可能要去洗厕所。因为厨房里总共就这么几个人，有时候没有专门的打扫厕所的人，这种脏活累活当然是最底层员工责无旁贷的工作。

在课堂上被吓到的我们私下里竟然认真地讨论，如果被要求洗厕所，是做还是不做。我当时愤愤地说，我不会做的，要去争取其他的工作。然而，在签完和这间餐厅的"卖身契"后，我已经放弃了不扫厕所的底线，能够在这样的餐厅里工作，做什么都可以啊！

可能是我的诚意打动了上天，在这个拥有上下两层的后厨空间，二十多位厨师及甜点师、面包师，以及一整个洗碗工团队的餐厅里，实习生竟然也是可以被当作厨师那样对待的。只是，人生给我们的惊喜往往超出自己的想象——我完全没有想到，第一天在餐厅工作就直接参与了出餐。

换好制服进入位于二楼的料理厨房之后，副主厨将我领到最里面的冷餐区，直接交给了一个身材和我差不多的可爱韩国姐姐海永，原来她就是跟随了主厨 Yannick 多年的那位韩国小姐姐，之前在做功课了解餐厅背景时看到过，因为在后厨里，占比少得可怜的女性的存在总是最抓人眼球的。

小姐姐给我安排的第一项任务，就是准备当天做沙拉要用的各种叶类蔬菜。沙拉啊，简单，就是洗干净然后甩干就好了嘛。我在心里松了一口气，第一项任务看起来我还是可以胜任的。可是，我还是太盲目自信了。作为实战零经验的我，第一天在厨房里工作就完全跟不上节奏。

海永姐姐带我下楼穿过古老地下迷宫一样的各个冷冻室、冷藏室，拿了四个装蔬菜的空筐，来到蔬菜储藏室，指着架子上的各类蔬菜，在我还来不及想起它们的名字时，就用手指着告诉我："这个，拿四棵，那个，拿三把，快！"来不及细想，抓起蔬菜分别装到筐里，四个筐瞬间装满。姐姐让我拿起全部的筐跟她上楼，四个筐摞在一起的高度已经超出了我的头顶，完全懵掉的我正在思考要怎么拿上去，海永姐姐接过最上面的两个筐，在前面领路，让我跟上。

我大气不敢出一口地跟着，来到我的操作区。原来，只是为了一道可能是整套菜单中最便宜的沙拉，我就需要把大概几十棵不同种类的蔬菜按类别摘取最美丽的叶片，撕成一口的大小，放在大盆里，用大量的清水洗干净泥沙和脏东西。每一种叶片都需要清洗至少两遍，遇到特别容易藏沙子的叶片还需要清洗三四遍。之后分别用一个巨大的沙拉沥水桶甩干，然后分类别隔开放入准备好的保鲜盒中，贴上标签，拿去储藏，到出餐时间再拿出来，以最大限度地保持新鲜。

海永姐姐看着面对这巨大一堆沙拉菜无从下手的我，提醒我，先去楼下洗碗间找到沥水桶和几个用来洗叶片的大盆。然后再去楼下的储藏间找几个保鲜盒，要带盖子的那种。再去另外一个房间，找处理鱼的厨师多要一些无纺布，浸湿后放在保鲜盒中叠好，隔开不同种类的蔬菜，还要多拿一些用来在最上面盖住蔬菜。

所有这些准备工作做好后，才可以开始清洗蔬菜，当时已经快九点了，最迟在十点必须完成沙拉的工作，再去做下面的工作，否则这么一大摊占着台子会影响到后面的工作。

——请问，我现在退出还来得及吗？

在那一时刻，这个念头在我快要爆炸的脑袋中一闪而过。一秒钟后，一种非得做好的倔强完全占据了头脑。

没有时间犹豫和思考，就算脑袋在思考，手也不要停！我对自己说，加油吧，先去拿工具，做好为准备工作而做的准备工作。最开始，我对工作的标准一无所知。因为在真实的厨房中，每个人都有各自紧急而重要的工作，没有时间像在课堂上一样，先由主厨演示一遍，我们再模仿着操作，而大家都在忙碌，所以没有人告诉我一个很重要的事——工作标准。

沙拉叶要如何摘取最好看的部分，是叶子最顶端的叶片，还是带有一点生脆的秆子？苦菊这种叶片是要留下黄色的部分还是绿色的部分？这些实际操作中不得不面对的细节要如何处理，我的内心感到无助，却又不敢问出这种白痴问题，纠结了几秒钟，决定按照自己的理解，想象自己是来用餐的食客，我自己希望的沙拉是什么样子的。于是，我从每一种沙拉菜的叶片顶端摘取一口大小的叶片，按照我认为和谐的颜色搭配，将每一种摘下的叶片，拿到海永姐姐的眼皮下，问她，这样可以吗？海永姐姐愣了一下，说，好的！

我长长地呼出一口气，终于恢复了心跳。

看起来很简单的沙拉，居然要做这么复杂的准备工作。因为缺乏真实的餐厅后厨经验，我对工作量忽视的最大问题，就是忽略了用餐人数，哪怕是一个很简单的工作，当数量从两份变成两百份的时候，一切都完全不同了。然而，并没有时间给我们慢工出细活地来做准备，因为到点就得出餐，没有人可以提前几天来做这些准备工作，为了确保食材的新鲜，所有的工作都是当天完成。

在接下来埋头准备沙拉叶的过程中，海永姐姐不停地敲着手表提醒我："快一点，还要多久，什么时候可以做完，最后一分钟！"

刚刚工作不到一个小时，我就已经感受到了"米其林三星餐厅"这几个星光熠熠的大字背后的高标准和严要求。我已经感觉到自己

※ 我的厨师帽

全身的细胞都像是被打了鸡血一样，进入了战斗状态。

和这种真枪实弹的真实厨房相比，在蓝带的学厨生活简直就是度假，现在回想起初级阶段的紧张和惶恐，那时的压力在此时此刻，已完全烟消云散。从某种意义上说，这就是我自己可以感受到的成长吧！当你一次又一次地全力翻山越岭，所看到的景色一次比一次震撼，而此时所具备的力量也越来越强，这就是所谓的修行吧。

接近午餐时间，主厨 Yannick 终于来到了厨房，第一次亲眼见到传说一样的主厨，激动得心跳不已。主厨来到后厨和每个人握手问好，到了我这里，他略做停顿，副主厨介绍了我的情况，他再次握了我的手，同时拍了拍我的肩膀。突然，他低下头盯着我的脚看起来，然后哈哈大笑,我莫名其妙地看着自己那双在国内网购的 35 码白色厨师鞋,主厨 Yannick 喊来大家一起围观我的鞋子,一边说着"你们看,还有这么小的厨师鞋啊!太可爱了啊",一边伸出他自己巨大的黑色厨师鞋并排在我的鞋子旁边比大小!本来只想低调地在角落里做一个不被人注意的小实习生,经这么一番调侃之后,成了大家这个紧张上午的轻松一笑。好吧,能让身在后厨的你们开心几分钟,是我的荣幸。

专业到变态的打扫清洁

我只是急切地想来餐厅工作,却完全忽视了第一天上班是在月初的周五,而这一天,是每月一次的大扫除的日子!

当我拿着抹布用妈妈在家里干活时教我的方法仔细擦着工作台的时候,我自以为在这件事上,只要认真努力,总可以得到表扬吧。然而,当我正在心里默念"用力擦,擦角落,不要放过任何一点灰尘和脏东西"的时候,猝不及防地,旁边的厨师一把抢过我的抹布,说:"不不不,Olivia,停下!不是这样做的!"

我一脸茫然地停下,只见他拎来一桶加了清洁剂的水,把工作台上的所有东西挪到其他桌子上,直接把一桶水"哗"地浇上去,水像瀑布一样哗啦啦往地上流。这时,拿抹布快速地擦一遍,再用刮玻璃的刮子把水顺着一个方向刮掉,然后用干净抹布擦一遍,最后用厨房纸擦干,至此,工作台清洁完毕。接下来,用同样的方式,将清洁工作台下嵌入的冷藏柜门,一个一个柜门地清洁完毕。将冷餐区所有台面和柜门做完清洁后,用一根粗水管接上龙头,用很大的

※ 我的日常工作区域

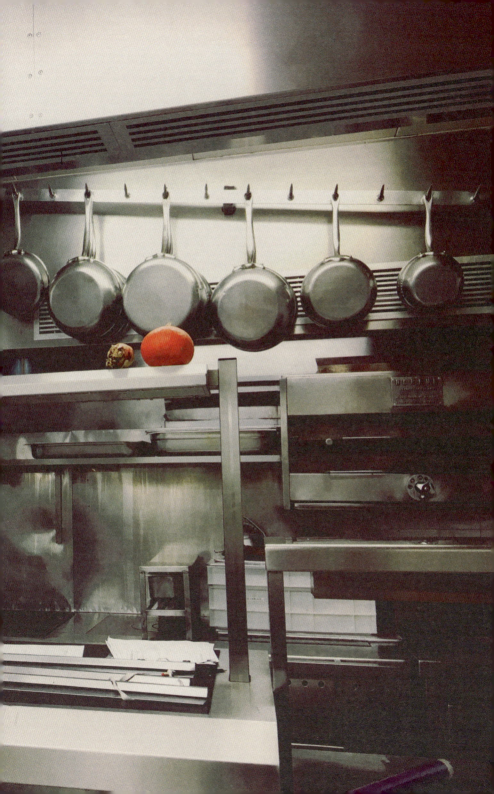

※ 热台工作区域

水流冲洗地面，接着用一个像拖把一样的巨大刮子把地面上的所有积水和杂物推到下水道口，最后，用厨房纸将下水道口聚集的垃圾包起来扔掉。至此，最简单的地面清洁工作完成。

然而，这项工作还远远没有结束，接下来是更加麻烦和困难的空中清洁，以及让处女座的我都快要崩溃的墙面清洁。

全部打扫完一遍，是不是就意味着结束了？如果只是这种普通的程度，大概是不能胜任米其林三星盛名的，站在餐饮业塔尖的餐厅，哪怕是清洁的工作也必须专业到变态的程度。

从工作台到冰箱门到墙角的瓷砖，爬上灶台，一扇扇拆下油烟管道的窗户，全部用钢丝球擦仔细，再冲，再擦。所有暴露在外面的管道、灶台、架子，全部按照这个流程清洁到没有一丁点油污，爬高上低地在一天中打扫了五遍（空中清洁只有当天结束营业后清洁一次）。直到这个有着两百多年历史的老牌餐厅的后厨，闪闪发光得好像从来没有做过菜一样。

在蓝带的厨房中，每次实操课结束，我们都会清理自己的操作区域和灶台，做值日生的时候，还要负责清理公共区域和水池。不过,从来没人告诉我们,在米其林的后厨是这样打扫清洁的。

结束了打扫清洁后,一直在教我怎么做的厨师 Emeline 叉着腰无奈地看着我说:"Olivia,你没有在厨房工作过呀?"我怯怯地回答:"是的,今天是我第一次在厨房工作。"Emeline 不可思议地瞪大双眼,然后又将目光移开。

第一天的实习,在经历了整整 16.5 个小时身心俱疲的工作后,所有工作终于结束,有很多厨师已经提前离开。深知自己是个菜鸟的我,不敢问我是不是可以回去了,只是继续在厨房里查看还有没有我能做的事情。终于,海永姐姐帮我摘下厨师帽,拍拍我的肩膀,对我说,回去吧。

当我换好衣服,背着包站在餐厅外的公交车站,靠着柱子等待末班车的时候,我真切地感受到了什么叫作"身体被掏空"。这像做梦一样的一天结束了,我已经累到脑袋一片空白,无法思考,只想立刻坐上公交车,回到我的小窝里躺下。

第二天上班是周六,在睡了四个多小时后,我顶着硕大的黑眼圈在天蒙蒙亮的时候来到餐厅后厨入口,连按几遍密码都打不开门。奇怪,难道我是第一个到的人吗?站在清晨寒冷的餐厅门外,看着沉寂的摩天轮,忐忑地给韩国小姐姐打电话。小姐姐接了电话,用慵懒的嗓音告诉我:"亲爱的 Olivia,抱歉,昨天忘记告诉你了,周六餐厅没有午餐,十二点半到餐厅上班就可以了……"啥?我呆若木鸡地在门外站了几秒钟,拖着沉重的脚步和更加沉重的脑袋,绝望地站在公交站等着早班车载我回去补觉。

可是,再难的工作总有可以适应的一天,当我在以后的工作中将重心放到了备餐出菜的时候,也就习惯了这种变态的清洁方式。在完成了被安排的任务后,也知道不要让自己闲着,没事做的时候就

※ 回家时累瘫的我,目光无法聚焦般的模糊

去做清洁——清洁自己的工作区域、后厨里的任何角落,以及备料间、储藏室、冷库……主厨们最爱的,就是我们不停工作的样子。

毕竟,没有安排我去清洁厕所已经很值得感恩了,不是吗?

后厨只有争分夺秒

在我们餐厅的后厨,不论国籍,法国人、意大利人、荷兰人、秘鲁人、中国人、韩国人、日本人,官方用语只有法语,有时在意大利厨师扎堆的区域是意大利语,而在所有厨房用语中,从早到晚听得最多的就是一个字:vite(快)!尤其是对于我这样晕头转向的实习生,一天的工作下来,可能会听到上百遍,以至于最后海永姐姐已经学会了用中文催促我："Olivia，快！快！快！"

在生活中，我本就是一个慢性子的人，凡事最怕别人催我，催我就容易慌，慌了就容易做砸。在蓝带的教室里，有时看着手快的同学都已经在摆盘了，我还在心急火燎地熬酱汁。有时候，明明是同时开始操作，怎么忙着忙着，我的进度就落后了呢？经过反复地思考，终于找到了问题的根源：因为处女座的完美主义心魔，每一个动作都力求完美，每一刀下去都希望能大小形状完全一致，有时候要比划半天，而旁边的同学已经做完了。然而，在争分夺秒的厨房里，这并不是一个好习惯。

在厨房里做事，需要抓重点，不是每一项工作都要做到100%的完美，有一些必须完美，大部分只要做到70%~80%就好。比如，切熬高汤的蔬菜块，最终都要拿出来扔掉的，没有必要切得那么漂亮，节省下来的时间可以去做更重要的事情。

虽然在蓝带认识到这个问题的时候，我已经尽力去改正，并在高级班的阶段确实提高了速度。不过，在米其林的厨房里，并不是让你做选择题——选项A：做得快，稍微有些粗糙；选项B：做得漂亮，但是很慢。如果非要选不可，答案就是C：做得快，以及，做得漂亮。

第一天，我在海永姐姐和Emeline的指导下做起了开胃前菜Canapé，她们交代给我的第一个任务，就是把一种冻在吸管里的酱汁冻挤出来，用尺子量着切成长度为三厘米的长条，要精确到毫米，且切面整齐，不许有破损。如果因为吸管里的气泡没有挤出来，使得冻出来的冻条本身不平整，还需要进一步修剪。做这项最简单的工作，只给我预留了15分钟，而且，还要做得又快又好，不许出错。如此巨大的压力把我整个人都压在了尺子上，盯着刻度线，眼睛都快要贴上去了，努力完成着这项工作。

※ 用尺子量着切菜，要精确到毫米

刚开始的几天，每天都气喘吁吁地跟在师傅们后面尽力追赶，却感觉一直在被催促，一度有点儿心灰意冷，时常怀疑自己是不是不适合这个厨房。每天从一踏进厨房——

"Olivia，奇亚籽薄片做好撕碎放在这个盒子里！快！"

"Olivia，糖渍橙皮颗粒做好了没？快！"

"Olivia，午餐的备料都齐了吗？快下去吃饭！"

"Olivia，昨天的酸模草用完了，你去拿绿色、红色和黄色的各一盒上来，把午餐和晚餐要用的拣出来，快！"

"Olivia，去把剩下的这几箱鹅肝按照400克一袋，肉类按照600克一袋的标准，拿去真空塑封，写上标签！快！忙完了上来出

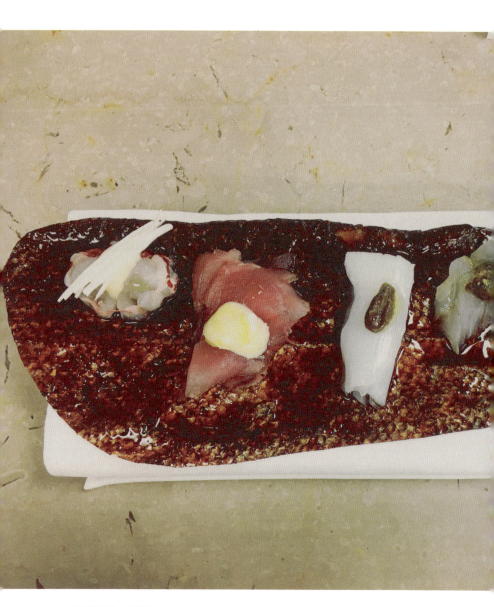

※ 日式风格的生鱼片前菜

餐！快！"

以至于，那段时间每天晚上回家睡觉的时候，梦里全都是各种人用法语对我大呼小叫。醒来之后，再回到厨房面对梦境的真实重演，如此往复循环。

随着在厨房里工作时间的加长，慢慢熟悉了厨房的各个区域，知道要去哪里找东西，熟悉了每天自己责任内必做的工作。在我备料时，人们对我的催促声越来越少，有时甚至会因为少了对我的大呼小叫，感觉气氛过于沉闷，还能抽空小声和同事们闲聊两句。

其实，当你全身心投入到一个新环境中时，全身上下所有的感官都在努力接收着周围环境传递的信号。在忙完了自己分内的工作后，主厨有时会安排我去帮助其他岗位的厨师。还有的时候，我只是看着别人工作，然后自己再来操作。通过观察，我终于找到了这个厨房的节拍：

上下楼梯时，要频率很快，但不能跑。

如果手上需要处理的工作数量小于100份的时候，完成这些工作的时间不能超过半小时，完成后要立即去做其他的工作。

找东西的时间不能超过30秒，否则

旁边的厨师就会问你在找什么,并帮你迅速找到,或者放弃。

洗东西的时间甚至要以秒来计算。

为了安全和节约时间,在厨房里移动时,必须要大声且拖着长音喊出"Chaud(烫)",提醒其他人注意避让。

在厨房里巡视的主厨和副主厨,不能看到有任何个人哪怕有一秒钟在做不重要的事情。

有一次,我刚刚从吸管中挤出菜汁冻条,需要立刻洗干净吸管,再重新装上菜汁,并放入冰箱冷藏让它凝固,用于晚餐。当我拿着一把带褶皱的脏吸管在水龙头下清洗时,一时间,处女座完美病发作,埋头在水龙头上方一点点搓褶皱里的残余。突然,背后响起另一位曾在伦敦工作过的副主厨的声音,他用英语喊道:"Olivia,你在做什么?"我惊慌失措地举起手里的吸管,说:"主厨,我在洗吸管,马上就要用的!"

副主厨摇着头说:"你什么都没做!"说完,端着盘子走开了。

丢下了一头雾水的我,内心的委屈差点又要红了眼睛,但是,也只能立刻关水,擦干吸管,继续下面的工作。哪怕在心里愤怒地回了一百次嘴,也只能不动声色地加快手里的动作。

还有一次,因为开胃菜里需要往小碗里舀每位 30 毫升的汤汁,看到之前的师傅们给我演示过一次,直接用餐勺平平地舀两勺的操作(因为一平勺的液体刚好是 15 毫升),加上亲眼看到老师傅们都是那么做的。于是,一次在备餐时,我正专心地两勺两勺地往小碗里舀汤汁,颜值担当的副主厨突然过来在我耳边问:"你在干吗?"随即,大声吼道:"量杯呢?怎么不用量杯?"我还没反应过来,旁边的 Hendry 立刻从抽屉里翻出来一个量杯偷偷递给我。好吧,不解释不顶嘴,我错了主厨,我改还不行嘛!

※ 餐厅招牌的萃取高汤冻

你们看,被训到位的小厨师就是这样慢慢地没了脾气。

然而,当打怪升级一样地闯过一关,必然有更加艰难的挑战一次次冲击着想象力和承受力。

第二节
真实存在的地狱厨房

▌每一个片段都是电影的还原

外表看上去岁月静好的米其林餐厅，周到又傲娇的服务生，小心翼翼优雅进餐的先生女士，完全不会想到厨房里的样子。

你在电影里看到的，比如《燃情主厨》，你在电视厨艺比赛中见到的，比如《地狱厨房》，这一切都是真实的，但在现实中，可能更加恐怖。

主厨在厨房里出菜的时候，不是骂人，是吼叫，歇斯底里的吼叫，感觉下一秒就会扔一个平底锅砸在被骂的人脸上。当然，骂完之后，一切又恢复了正常。这段实习的日子，我切身感受到了厨房，尤其是大型的专业厨房，森严的等级和较为原始的管理方式。

作为世界上最严苛的专业厨房，我们餐厅在巴黎的米其林餐厅中，更是以厨房工作的艰苦而著称，每天工作时间少则15个小时，多则16.5至17个小时，中间只有半小时休息，而作为不敢说半个"不"字的我，经常连仅剩的半个小时也在辛勤地工作。在这个厨房里，超过三秒钟没有在做重要的事情就会被催被骂，任何人找东西的时间不能超过30秒，否则立刻就会有人问你在找什么，并且大家会立刻帮你找到。这也就是为什么我在实习期间丢了好几把刀的原因——因为莫名其妙就消失的刀，我根本没时间找。

曾经在格子间里对着电脑坐十几个小时的人，如今在地狱厨房接受试炼，成了那种精疲力尽到半夜回家洗澡时站在淋浴间都能睡着，然后一头撞到玻璃门上的人。

主厨 Yannick 是法国家喻户晓的明星主厨，所以已经不用再具体做菜了，厨房里日常管理都是由两位副主厨负责。因此，主厨在平时未到出餐的时候，都是温文尔雅、保持礼貌和微笑的，是个浑身散发着成熟魅力的法国帅大叔。然而，出餐时间一到，一切都变了。

拥有深邃忧郁眼神的主厨不见了，变成了暴躁的地狱主厨，甚至，我有一次偷偷瞟了他一眼，感觉在那个时候主厨连发型都变乱了。客人的单子哒哒哒跳出来的时候，出菜慢了几秒钟的时候，一群人手忙脚乱地在一个盘子里忙的时候，主厨的手边没有他要的东西的时候……一声怒吼之后的瞬间，是一片沉默，所有人都在找东西（大型设备、工具）掩护自己，或者假装忙碌到没空理会地垂着眼睛，海永姐姐把我往过道里推了推，示意我不要出现在主厨的视线里，不要出声，免得成为他的炮灰。

作为巴黎知名的餐厅，再加上男神般的主厨光辉，后厨里时常会有媒体来访，应对这种接待、介绍以及演示工作，是主厨 Yannick 的主要工作。我们有时充当忙碌的背景，有时清场留出空间给主厨表演，有时，也会配合镜头，尽可能平静和更加精致地完成手上的工作。

▌没时间解释的战场

如果说之前在这间餐厅后厨里所经历的各种前所未有的"第一次"和备餐准备都只是前奏，那么一天两次的出餐时刻，才是肾上腺

※ 晚宴开始前严阵以待的晚宴厨师团队

素蹭蹭飙升的真枪实弹的战场。

当你优雅地在餐桌前决定了想要享用的美食，周到的服务人员笔直地站在旁边将你的需求一一记录下来，云淡风轻地转身走向后厨的时候，才是这出战斗片大幕拉开的时刻。

正如之前所说，高标准的餐厅从来都是为食客端出最新鲜的菜品，包括冷菜在内的所有菜品，都不可以在后厨提前做好。我们在备料阶段所能做的，只是把原材料处理好、切好，装入方便拿取和制作的容器中，储存在冷藏库，只有在客人点的单子跳出来之后才可以着手制作。

请让我以一道在我们餐厅中，我负责出菜的两三口就能吃完的 Canapé（开胃小食）为例，说明在等着上菜的时候，后厨发生的事。

客人点的小单子从机器上哒哒哒跳出来，冷菜区负责厨师会喊"5 Canapés（五人份开胃小食）"，负责出菜的我，就要立刻将这道菜的四个部分再乘以五份制作并组装好。

一，将装在裱花袋中的烟熏鱼慕斯挤入刚刚做好的野菜蛋卷中，刮刀抹平，两头平整且对称地贴上不同颜色的酸模草。

二，将切好的蘑菇冻小方块丢入干料盒中，均匀地蘸满香料。

三，在摆盘的勺子上刮一点烤苹果泥，将蘸好料的蘑菇小方平稳地粘在上面，顶上撒上几颗盐之花。

四，取出冻好的肉汤冻小碗，在每一碗的同一角度、同一位置，同一朝向用镊子摆上切好的菜汁冻条。

五，将面包师刚刚送来的尖尖角小餐包的两头尖角斜45°切下，在出菜的最后三秒钟抹上黄油，蘸上小蘸料，倾斜30°地搭在放在肉汤冻的菜汁冻条上。

从小单子跳出来的那一秒钟开始，在不停的催促声中，用最快的速度不出错地做完，再用湿纸巾和干纸巾分别清洁干净餐盘，确保没有任何污渍后，给一旁的负责主厨审查过没有问题，对已经笔直地端着银质托盘站在我面前的服务员喊一声："Service（出菜）！"服务员回应："Oui, chef！（是，主厨！）"再小心翼翼地用拇指虎口微微夹着盘子边，在托盘上摆稳，挺直端走。

接下来，可以喘口气，再做接下来的单子吧？

怎么可能？小单子从来不等人。

就在刚才忙碌五人份的时候，打小单子的机器上已经堆起了小山，后面紧跟着的两人份、三人份、四人份的开胃小食……

主厨在旁边夺命连环催："快！快！快！"脑子要拼命记着单子（以及各种不吃肉、不吃海鲜、不吃蘑菇、不能吃奶制品的特殊需求），还要手忙脚乱地制作、摆盘、收拾，且不能出错，那份压力，我至今回想起来仍能感受到小单子跳出来的时候肾上腺素飙升的感觉。

更不要提什么烫伤、切伤、刮伤，这本就是不该发生的事，如果真的发生了就要立刻包好，一分钟后要回到岗位继续刚才做的工作。机智的我，直接把创可贴、烫伤膏揣进裤子口袋里，发生流血事件后，神不知鬼不觉地包好，继续工作！

所以，当你们去米其林餐厅吃饭的时候，看到哪怕只是几口分量的开胃小食，也请心怀感激地好好享用，因为在你看不到的后厨，负责这道菜的厨师可能真的是用生命在为你做菜！

※ 没有用完的酱汁按克数密封写上自己的大名

边学边吃的豪华员工福利

在米其林餐厅工作，除了精疲力尽地努力工作，当然还有一些特殊的员工福利——可以有机会在后厨免费品尝餐厅的菜品，甚至还有机会品尝到珍贵的食材。这些后厨福利，在暗无天日的厨房工作中简直可以成为照亮我一整天的阳光啊！

按照后厨惯例，每一餐在出菜前，在还没有开始营业前，主要负责这道菜的厨师必须要把这道菜做一遍给主厨试吃，以检查当天所有备餐的准备，包括食材和烹饪，以及厨师的状态是否到位与合格。

第一天在出菜前，作为新晋员工的我，和主厨一起拿到了一份试吃的菜品，除了摆盘相对简单些，该有的部分都有了，受宠若惊的我压抑着内心巨大的喜悦，享受完了这些美食，然后被主厨问，觉得味道怎么样。我支支吾吾地说："好好吃，太好吃了，我喜欢这个。"除此之外，我深深地感觉到自己的词穷，大概是因为免费吃了一顿米其林三星，在众目睽睽的围观下品尝，压力真的很大，生怕辜负了师傅们的期待。

在进入这间厨房之前，我对于自己在后厨的工作的想象，大概仅限于处理海鲜、鱼、鹅肝这样的食材吧。

直到有一天，那时候正是南法佩里戈尔（Périgord）黑松露的好时节。黑松露作为香气最为浓郁的松露类型，因为过于昂贵，所以在蓝带的教室里，我们所做的所有松露料理仅限于玻璃瓶真空包装的小颗罐头松露。从没亲手摸过大颗的新鲜松露的遗憾，在这间餐厅得到了补偿。

有一个周六，按照平时的惯例，周六只接受晚餐预订，不设午餐。

因此只有在这一天，后厨上班的人可以晚一个小时来餐厅。那天一进入工作区域，我就发现气氛有点儿不一样：大家并没有像往常那样站在自己的工作区域前忙碌备餐，而是在一大堆一堆纸箱、塑料筐之间忙碌。原来，为了下周一的五百人的晚宴，当天的晚餐备餐工作挪到下午来做，而上午大家则全都在忙着为下周一的晚宴准备大量的食材。

所谓"大量"，也就是磕破550个鸡蛋，再将550颗蛋黄分离出来放入加了橄榄油的一次性塑料杯中，这样的工作而已。正当我分离蛋黄时，突然被副主厨喊了过去。只见他端着一个大箱子，轻轻地放在操作台上，从纸箱中拿出一个拳头大小的小黑球，松露！是松露！"这么大一颗啊！"我没忍住叫了出来。副主厨挑着眉毛笑，然后把纸箱倾斜过来，给我看纸箱里的东西。天哪！整整一大箱的这么大颗的黑松露！贫穷真的限制了小厨师的想象力，居然能一次性看见这么多高质量的黑松露！能让一个厨师开心到要疯掉的事情，大概就是看见一箱超级棒的食材吧！庸俗的我，还在心里暗暗地盘算，这装的简直就是满满一箱欧元啊。

冷静下来后，副主厨安排给我上午的新工作是，处理这一大箱豪华的松露。副主厨递给我一个曼多琳（一种方便刨薄片的平板工具），还有一只金属圆筒模具，让我把松露拿一部分出来放在料理盘里，一边演示一边告诉我，要先将松露刨成大约两毫米厚度的薄片，然后几片叠在一起，用圆筒模具切割下来完整的圆形，最后还要在刷了黄油的小纸片上摆成松露花环的形状。因为松露本身颜色有深有浅，所以在摆花环的时候必须选取颜色和花纹一致或相似的松露来完成。

洗干净手后，我满心欢喜地开始按照要求处理松露，拿起第一

※ 一大箱硕大的当季黑松露

颗比我的拳头小不了多少的黑松露时，忍不住拿到鼻子底下闻一闻，果然，黑松露的香气不像白松露那样有一股浓烈的大蒜味，而是若隐若现地传来一股泥土混合着坚果的香气，拿着这颗黑松露放在曼多琳上小心翼翼地擦着，尽量不要把松露略显干硬的外壳碰碎了。

很快，一颗完整的冒着土气的松露瞬间变成了一片片拥有美丽花纹的艺术品，原来这种大颗松露朴实无华的外表下，拥有这么华丽的内在。果然，不能用切的，只有轻轻刨成薄片，才可以充分地释

※ 最终将松露做成700份这样的花环

放出这大自然孕育了一年的馥郁香气。接下来,重点来了,一个第一次摸到这么棒食材的小厨师,一个从没有尝过刚刚刨开的新鲜松露滋味的小厨师,手里攥着几条切割下来的边角料,用渴望的眼神看向旁边和我一起操作的副主厨,副主厨瞬间明白了我的意思,往自己嘴里扔了几条边角料,告诉我,尝尝吧。于是,我终于如愿品尝到了新鲜松露的滋味,一种由土地深处孕育而出的浓郁香气,随着咀嚼的过程,在鼻腔后端蔓延开来,值了值了,苦日子没白过。

那天处理这一大箱黑松露，用了我一上午以及下午备餐的全部时间，看着堆积成山的松露花环，以及同样堆积如山的边角料，我和副主厨偶尔往嘴里塞一把过过瘾，手下更加轻盈与温柔地对待着这些可爱又昂贵的黑色精灵，觉得厨房里的所有喧嚣都成了悦耳的背景音乐。那个周六的后厨福利，完全成了为周一疯狂战斗做准备的唯一慰藉。

在后来负责前菜制作的阶段，因为在这道菜里使用了大量的牛油果，所以尽管我以前对牛油果没什么感觉，却因此疯狂地迷上了牛油果——储藏在地窖中的成熟了数个月的牛油果。

那个时期，我们制作的前菜是用牛油果与薄如蝉翼的芹菜根薄片做成的千层"蛋糕"。每天，在备料的工作中多了一项：开餐前，先去楼下储藏间的地窖里拿几个储藏了好几个月的牛油果，切开后取出果肉，再按照搭蛋糕的要求，用小刀挖去表面不完美的部分后，斜斜地切成需要的形状。对于因过于柔软而不能定型的两头部分，最高效的处理方式，当然是直接丢进自己的嘴里。

那种滋味，怎么说呢，入口的瞬间，就像是一块正在慢慢融化的黄油一样温润柔滑，伴随着咀嚼，一阵不浓烈的若隐若现的清香又顺滑的气息从鼻腔里呼出来，这时才会感觉，好好吃啊，想再吃一块。

于是，就这样，一边切，一边往嘴里扔着边角料，一口接一口地停不下来。至此，我已经完全爱上了牛油果，成了可以空口吃牛油果的怪人。

说到牛油果，包括我自己在内的很多人，在回忆起第一次吃的感觉时，可能都是"奇怪"。既没有味道，也没有香味，吃起来口感像滑滑的肥皂。如果你也曾经和我一样，有过这种对牛油果的误解，那么请允许我来说说，在米其林三星地窖里的牛油果有什么不同，也许能解锁一种正确品鉴牛油果的方式。

餐厅里使用的牛油果是来自墨西哥的品种，个头比较大，这样才能满足每日出餐的需要。牛油果一直被储藏在地下二层的地窖里，这个地窖里不仅储藏着牛油果，还有腌菜（按照厨艺界的专业说法是，发酵产品）——对，就是腌萝卜、腌芹菜根、腌生姜之类的，小罐罐上标注着日期。牛油果按照不同的成熟时间分层摆放，每次按照要求从最成熟的牛油果中挑选出软硬适中的果实。每天抱着冰凉的成熟度刚刚好的牛油果上楼梯时，都觉得满心欢喜——厨师的快乐真的好简单啊！

以前在超市或者水果店里买到的牛油果其实都是成熟度不太够的绿色表皮牛油果，回到家后就迫不及待地打开品尝。然而，这样的做法完全是在不合适的时间食用牛油果的错误方式。

在地下两层的地窖中，牛油果在恒温恒湿的环境中缓慢地成熟，用漫长的时间将最好的味道慢慢释放出来，拿在手里有一定的柔软感，又不会过于软烂到失去弹性。处于这种刚刚好状态的牛油果，纵向剖开两半，其中一半嵌着果核，用刀的最末端一段插进果核中，轻轻一拧，滑溜溜的果核被完美地剥了出来。再拿起汤勺，沿着果皮与果肉之间微微的空隙（这种空隙只有成熟到一定程度的牛油果才有），轻轻一掰，就可以将果肉从壳中轻松地剥离出来。

很奇怪的是，有时人们对于一种食材的认识，如果用正确的方式打开，简直就是完全不同的东西。很多我们之前基于自己的经历和体验，初次接触一种不太熟悉的食材时，总是习惯于先通过味觉去判断：这东西是甜的还是酸的？抑或是根本没有味道？然而，总是容易忽略一种紧接着味觉而来的嗅觉。很多食物在香气和香味上是不同的，香气可能是在刚刚接触到的瞬间，鼻子所闻到的气味，而这种味道随着进食的过程而慢慢弱化，取而代之的是鼻腔后端的嗅觉感知，这时，才会有一种需要真正品味的似有若无的感觉弥漫开来。

在包了几十斤鹅肝酱之后，有时会得到一大块鹅肝作为奖赏，尽情地尝鲜、试味。一想到自己可能算得上是个非常幸福的实习生了，所以再怎么辛苦也可以咬着牙坚持下去。

其实，后厨的种种福利，除了赏给了嘴巴，更是赏给了头脑。最近距离地观看主厨制作鹅肝的技法，副主厨手把手地教会我撒盐的 N 种方式（根据料理的不同要求调味），以及教会我如何制作主厨 Yannick 最著名的酱汁萃取方法。所有这些隐形的福利，几乎无时无刻不在激励和帮助着我们小厨师成长，这些才是当初老 MOF 告诉我的"去越好的餐厅，学到的东西越多"的真谛吧，直到现在，才理解 MOF 的良苦用心以及命运最好的安排。

第 三 节
宠你，是我们的责任

▌ 优雅盛宴的背后

正如之前所提到的，在那个周六的上午，我在捞完几百颗蛋黄、制作完几百份松露花环后，作为厨房螺丝钉的小实习生，突然被之前并没有见过的日本副主厨 Taichi 喊去，要我和他一起完成一项艰巨的任务。

一头雾水的我，被副主厨领到负二层的一间小房子里，两排操作台上满满当当地摆着七八个大备料盒，盒子里装的都是各种已经过初步处理的肉类，副主厨为我快速介绍了一遍：牛绞肉、珍珠鸡腿肉、鹅肝、牛菲力、鸡菲力、鸽胸肉、小牛胰腺。接着，指着墙上贴的一张示意图告诉我，我要做的工作是，和他一起做法式大肉派。简单来说，就是用牛绞肉打底，在上面按顺序码上这七种肉，再覆盖一层牛绞肉，之后塑型，再用千层酥皮将所有的肉类作为内馅包裹起来，最后给酥皮整型，并刻上花纹，制作装饰品贴在上面，刷上鸡蛋液，挖几个洞，用锡箔纸做成几个小烟囱，插进挖出的小洞中，用于帮助在烤制的时候排出水汽。

看着副主厨一边解释，一边演示了一遍，我瞬间明白了：这就是我们在中级阶段曾经做过的法式大肉派，以及和学校行政主厨 MOF、男神主厨 Cycli Lignac 一起做过的那个华丽的传统大肉派，一样的东西，只是形状不同、内容不同，而且这个派大概是学校里做过的四倍大。在回忆里搜索了几秒钟后，我立刻告诉副主厨"这个我之前在蓝带做过几次"，并向主厨表态，书没有白读，保证可以完成任务。

然而，我果然还是厨房小白，在认识层面对于"大量"是完全没有概念的。我和副主厨开始默契地在这间小操作间里工作，并不是流水线的方式，而是完全的独立操作——副主厨做他手里的派，我做我的。一时间，气氛有点紧张，随着时间在不知不觉中过去，手里的工作越来越熟练，我竟然不知天高地厚地开始和副主厨在暗中较量速度了。我拿起酥皮，码肉馅，副主厨还是比我快很多。大概已经在心里得意地笑了很久的副主厨，终于憋不住了，告诉我："Olivia，你可以同时做几个派，不需要做完一个再做另外一个，同时进行会比较快。"说完，副主厨给我挪了一点地方。好的，那就开始加速吧。

埋头按照要求制作了很久后，我抬起头问副主厨，我们需要做多少个？副主厨想了想，说："大概还需要十个。"

"还要十个！"我叫起来，"这个是要做什么用的，给客人吃的吗？"

在我的印象中，这种豪华的法式大肉派已经是过于传统的法餐，是只存在于电影和书籍，以及一些主打传统法餐的餐厅中的。在我们这间米其林三星餐厅，为什么会有这么传统的菜？这结结实实的肉包肉，我大概吃两口就饱了，谁会花那么多钱来吃这个？

这么想的时候，一边继续做，一边不甘心地继续打探消息："主厨，这是我们新菜单里的菜吗？是午餐的还是晚餐的？"副主厨大概是明白了我的意思，说道："这是为了周一的五百人团体餐准备的。和平时的菜单不一样。"

团体餐？我们不是高冷的米其林三星吗？不是只接待提前很久预约的三三两两的绅士淑女吗？还有团体餐！后来才知道，我们餐厅和别的餐厅不一样的地方就在于，因为它身处寸土寸金的巴黎最核心地段，却骄傲地拥有着一整片大草坪，这就为餐厅承接各种团体宴会提供了非常便利的条件，随时可以根据需要在草坪上临时搭建起一间华丽丽的用餐大厅，这也是我绝对没有想到的米其林三星餐厅的打开方式。

所以，为了让五百人吃饱，这种超大号法式肉派必须要尽可能地多做——什么也不要多说了，埋头继续做吧！想想还剩下的十个大肉派，我连吃饭的时间也不想浪费了，于是，我拒绝了主厨喊我一

※ 冷库瞬间被我和副主厨做的大肉派霸占

※ 烹饪完成的大肉派切开后的样子

起去吃午饭的邀请。可能是表现得太过于勤奋，副主厨吃完饭回来后，对我的态度格外好。眼见着他对其他同事大呼小叫地训斥，把同事做错的已经真空包装好的蔬菜全部扔到水池里，要求其重新做，他对我的态度简直可以称得上是和颜悦色了。回到小房间，跟我交代了几句，就留下我独自完成任务了。一直忙到晚上十点多，所有为下周一的宴会准备的主菜之一终于全部完成了第一个步骤。一个做完的大肉派至少有十几斤重，我必须把它们全部搬到冷冻室的架子上。到了下周一，备餐的时候几个烤箱同时将其烤制至七八成，在出菜前再次送入烤箱进行最后的烤制。

从地狱到天堂的一夜

就这样，在整个周六，餐厅全部人员全力以赴地筹备了一整天之后，周一很快就到来了。为了确保五百人晚宴的准备工作一切顺利，当天中午的午餐暂时关闭了预约。所有人都如临大敌，厨房里有一种大战在即的紧张气氛，主厨们一大早就聚在一个操作台上，拿着一沓资料，开会研究战略部署，出餐口的墙上也贴上了外场餐桌及来宾的分布图，甚至连一些平时不常见的、负责在楼下初步处理新鲜食材的厨师们，也开始在楼上的工作区域忙碌起来。

很快，主厨把所有人召集起来开会，告诉大家，这是我们今年第一次接待如此大型的宴会，这次宴会的举行宣告着，疯狂的圣诞新年季要开始了！曾在职场上开过成百上千次会的我，对于第一次站在灶台边参加的这次动员会，简直像是被打了鸡血一样亢奋，终于可以经历一次这样的挑战，感觉自己的人生又提升到了一个全新的

※ 晚宴战斗之前小姐姐生无可恋的表情

高度。

  然而，在那一时刻，对于为五百人提供晚宴的场景仍处于想象中。现在回想起来，仍然觉得有点激动。五百多位客人必须同时拿到热乎的餐盘和食物，为了做好晚宴的服务工作，餐厅甚至特地又聘来了十几位服务生以弥补人手不足，且专门在后厨放置了好几个热盘子的大机器，这么大的厨房一时间变得很拥挤。

  后厨为了能够及时出菜，将所有可以用的厨师全部聚集在一起。所有的厨师（包括主厨在内）被分成三个组，同时出菜，所有的一切都按照流水线的分工进行操作。主厨在为大家演示了每一道菜的组成部分后，将全套菜品摆在台子上，让大家记住每一个细节，尤其是摆盘标准，确保在出菜的时候，所有的来宾拿到的是一模一样的菜品。

对于今晚的厨师们来说，经手的每一道菜，如果有失误，虽然只是几百分之一或者是上千分之一的误差率，但是，对于拿到这份菜的客人来说，就是百分之一百的遗憾。这位客人可能是第一次来我们餐厅用餐，但这第一次的体验可能会有损他对餐厅整体的感知，也许就此把我们餐厅打入冷宫，再也不会光临。要是有一位拿到了失误菜品的客人，拍下照片，发到社交网络上，配上在米其林三星用餐的糟糕体验，那么一点点看似微不足道的失误就可能会发酵到失控的地步。

所以，在场的每一位厨师，无论是主厨本人，还是已经在此工作多年经历过无数次这种活动的老厨师，甚至是我这个最菜鸟的实习生，都在那一时刻，用最紧张的神情、认真的态度牢牢地记住主厨所说的每一句话。

这种时候，好记性不如摄像头，为了以防万一，我掏出手机，将每一道菜的摆盘都拍了下来，准备在中午吃员工餐的时候，再拿出来复习几遍。

在分组中，我被分给了专门负责宴会的主厨 Pascal，之前对他不是很熟悉。接到分配的任务后，Pascal 带领我们组所有成员来到责任区域，一边演示一边讲解了如何制作最开始的小食。虽然这部分不是我负责的，但是，我是一个求知若渴的实习生啊！在认真地观察了细节后，把整个操作流程，包括所用餐盘，餐盘上垫的餐巾，以及如何摆放全部记在心里。

没想到，真的派上了用场。

当天下午，接近宴会开始前，我们组所有厨师聚集在一起制作餐

※ 匆忙拍下的菜品"定妆照"

前小食，作为此时此刻最繁忙的一个组，工作区域边上聚集了好几位手托银质托盘等着出菜的服务生，在众多厨师们忙前忙后制作时，我这个小实习生几乎挤不到灶台前，而且属于我的任务还没有开始，于是我就站在旁边懂事地帮忙递递东西。

突然，主厨 Pascal 暴躁地喊起来："谁？这是谁摆的？盘子拿错了！也不是这么摆的！"一时间，几位老厨师不知所措地慌忙找合适的盘子，递给主厨 Pascal，然而，一错再错。此时，站在旁边的我，一眼就发现了确实拿错了盘子，和之前主厨演示的不一样，于是，我在自己的工作区域默默地迅速摆好了一盘小食，从慌乱的老厨师们身边的缝隙里，递到主厨 Pascal 的面前。主厨从缝隙中接过盘子，大喊一声："对！就是这样！"说完，对我手动点了个赞，然后拿给几位老厨师看，接下来总算是做对了！流程越来越顺利，我悬着的心也终于稍稍放下一点。

在我的实习期间内，经历了好几次这样的大型宴会，最多的一次人数达到了七百多人。我被安排的工作环节，包括浇酱汁、用搅棒把 sauce 打出泡沫，以及在最后撒干料。

出菜的时候，所有有具体工作的厨师需要站成一排。由于厨师们的双手都随时拿着勺子和锅，没有多余的手来拿盘子，因此，为了确保流程的顺畅，还有专人站在相邻厨师之间的缝隙里，负责将滚烫的盘子端正地摆在每一位操作的厨师面前，并传递给下一位厨师。

晚宴开始之前，后厨除了准备的声音，几乎没有人说话，就像是暴风雨来临前的安静。时间一到，主厨从前厅进来，宣布开始。

一时间，后厨充满了大呼小叫。所有人都提着气，并要和他人做好配合，因此，每个人不仅要做好自己工作的每一个环节，而且整个后厨还像拧上了发条的齿轮组合,牵一发而动全身,每个盘子只可以在自己手上停留两三秒钟来完成自己的部分,然后由专人递给下一位厨师。就像是工厂的流水线,如果有人动作慢了,后面所有环节都要延迟。要是让主厨等待一分钟后还不能出菜,就会听到他的咆哮。

有一次,我负责的部分是打泡沫,因为加了卵磷脂的泡沫处于不太稳定的状态,不能提前准备好,所以需要现场将酱汁打发成泡沫。在开始之前,我试了很多次,已胸有成竹。然而,在实战中,我却发现在紧张的情况下想要顺利打出稳定的泡沫不是一件容易的事情。于是,我不停地调整搅拌头的角度、深浅,确保在液体与空气接触的界面上完成稳定且大量的泡沫打发。

我右手紧紧地攥着手持式搅拌棒,左手轮番交替地拿着两只温热的装着同样酱汁的锅。之所以分开两只装,是因为打发完一只锅后,要将锅递给对面的意大利米其林一星主厨 Cristoforo,同时,我必须立刻在另外一只一样的酱汁锅中打发泡沫,他从里面舀出泡沫堆在盘子里,再将原来那只锅还给我,我再将第二只锅递给他,并继续在他还给我的锅中将酱汁打发出泡沫,如此重复。

现在描述起来,还是挺行云流水的,但若是回忆当时的场景,则已经混乱到模糊,完全可以排到我人生中最紧张的时刻前五名。脚虽然是牢牢地杵在地上,两只手上下翻飞地打泡沫、递锅、打泡沫、递锅,周围的一切都变成了喧嚣的背景音,我的世界里只剩下一根搅拌棒和两只锅……

当节奏突然开始变慢,周围的人声、碗碟声,又开始渐渐清晰起来。最后几只盘子被顺利送走,我终于可以放下搅拌棒和两只锅了。回过神来,长长地吐出一口气,突然有一种"我在哪儿,刚才发生

※ 终于实现了体重屡创新低的理想

了什么"的茫然感,直到主厨搂过我的肩膀,才算是清醒过来,晚宴顺利结束。

这时,我才发现,这一个夜晚,在巴黎最寒冷的十二月的后厨里,尽管我只穿了一件单薄的厨师服,但厨师服已从肩膀到背部,全部湿透。

这大概就是我从实习以来,按照每周五斤的速度迅速瘦身的原因吧。以至于到了后来,厨师服的裤子从最初的刚刚好,松垮到了必须要系腰带。

当天的宴会结束后,主厨 Pascal 搂着我肩膀和我说:"干得好!Olivia!"那一刻,多么庆幸自己没有成为拖后腿添麻烦的实习生。

曾经,在晚宴开始之前,通往前厅的门时常会打开,我就那么不经意地一瞥,原来,在这扇门的后面,深蓝色与银色的灯光交相呼应,餐桌上闪着光的亮晶晶的酒杯与餐具,衣着靓丽优雅的绅士和淑女们浅吟低笑。那一瞬间,我低头看了看自己脏兮兮的围裙,黑乎乎的指甲,忍不住有了三秒钟的心酸——一扇门隔开的是两个世界。

我也曾作为一名食客,在华丽的就餐环境中享受着美食。当我坐在整洁精致的餐桌前,苛刻地用刀叉拨拉着盘中的菜品,评价着厨师的水平以及菜单的不合理之处时,完全不曾想到,为了食客的这几个小时,后厨里是如何的狼狈不堪,厨师们付出了多少汗水和努力。只有在我真真切切地成了后厨的一员,亲身体会了这种高强度的体力和脑力劳动之后,才会重新审视自己作为食客应有的心态。

有一天,在我们顺利完成了将近七百人的巴黎时尚界晚宴后(出席的都是LV、CHANNEL这些品牌市场部、公关部的负责人),主厨Yannick突然要求后厨参与晚宴的全部厨师,整理着装,将围裙和帽子脱下,然后带领着我们,穿过宴会大厅,站到了舞台上。一群厨师走在那一条黑暗的长长的走廊上,仿佛自带背景音乐一样,从黑暗走向光明,带着一身的疲惫,带着作为厨师的尊严,走向舞台最中央。

追光灯照着我们,所有厨师在台前接受主厨以及所有在场客人的致谢,掌声响起来,闪光灯刷刷刷地闪起来。那一刻,湿透的厨师服紧紧地贴在背上,凉飕飕的,心里却激动得仿佛是从地狱来到了天堂。

从来没有过这样的经历,穿着带着酱汁、黄油味道的厨师服站在舞台上接受宾客的致谢,幸福来得太突然了。作为团队中唯一一张中国面孔,我感到了前所未有的骄傲。

第四节
米其林三星后厨大锅饭

▎食堂孙阿姨的宝贝——员工餐冰箱

虽然说同为米其林餐厅,但是我们餐厅作为老牌的餐厅,不得不说,人员配置实在是太多了。我的同学们在其他餐厅实习的时候,厨师不超过十个人,很多时候后厨都像是个小家庭,对于员工餐,也可以是家庭式的,甚至是一盘内容丰富的意大利面就可以解决的。

而对于一个后厨二十多人,侍酒师、服务员、行政、人力资源、保安、市场部等加起来六十多人的米其林三星餐厅来说,拥有专门的员工食堂,说到员工餐也是又爱又恨。

爱的是,每餐都有一两种沙拉、一两种蔬菜、两种肉或鱼、一种碳水化合物主食、奶酪、酸奶、水果,以及甜点部的甜点和面包,并且午餐和晚餐不重复。

恨的是,一日两餐的员工餐都是我们自己做,并且为了节约,要尽可能地使用备餐剩下的食材,而每天剩下最多的食材就是大白菜。

第一天上班,第一次吃到员工餐,我多嘴地问了一句:"员工餐是由谁来做啊?"海永姐姐笑着说:"我们做啊!等你实习结束的那一天,就由你来做!"我瞪大了眼睛,不敢接话,心里后悔得要命,真不该多嘴问这一句!

从进入这个厨房的第一天起,我就觉得人生开启了"hard模式"

※（上）我的员工午餐，用几分钟时间吃到光盘
※（下）大白菜卷牛肉馅的员工午餐

（艰难模式），没有想到，这么快就升级到了"mad 模式"（疯狂模式）。

第二周的周一早晨，我刚换好厨师服，海永姐姐通知我，今天开始，我除了日常的备餐和出菜，还要负责做员工餐，为期一周。我听到这个消息后差点崩溃——我还完全没有做好心理准备啊，要做些什么？给多少人吃？怎么做？一大堆问题来不及问出口，海永姐姐大概是看出了我内心的抓狂，拍拍我的肩，告诉我："今天会让 Dennis 来帮你，你跟着他做一遍，看一下流程。从明天开始，由你一个人来做，你就是 Chef Personal（员工餐主厨）。"说完，她带我去楼下的员工食堂为我讲解了功能区。尽管我之前已在这个食堂吃了一周的员工餐，但这是我第一次以主人翁的视角来了解这里。在食堂洗碗间遇到了洗碗工大叔，海永姐姐向他介绍，我是员工餐主厨 Olivia。第一次被当作一名主厨而不是实习生被介绍，心里乐翻了的同时，也突然提升了对自我的要求：不能总将自己当作一个初来乍到的懵懂实习生来看待了，我必须尽快适应新的角色。

于是，我跟着 Dennis 去楼下搬食材。他带我来到员工食堂的一个比我高出一大截的冷藏柜前，告诉我，这就是员工餐的专用冰箱。拉开冰箱的门，里面装着各种半成品食材：没有用完的鸭胸、剩下的牛肉，还有一桶一桶之前做多了的各种酱汁、蔬菜。当天要做的员工餐，要首先使用这个冰箱里的食材来制作。第一天，跟着 Dennis 做了几样之前吃过的常规菜，白酱焗大白菜、海鲈鱼、鸡肉、培根土豆等。一边跟着做，一边在脑子里盘算着：要是冰箱里的这些食材都用完了，明天我该怎么办呢？

第二天，我独立制作员工餐的日子到了。一大早，搬完蔬菜后，我问海永姐姐，是否可以开始准备员工餐了？海永姐姐说："是的，你现在就要开始准备了，上午的备餐工作你不用做了，出菜的时候你回到你的位置出菜就可以了。"说完，看着我茫然的眼神，海永姐姐又补充说明："现在时间是八点半，立刻开始做菜，十点四十你必须去楼下员工食堂，打开保温的水槽，将做好的热菜放上去保温。将沙拉叶子摆好，沙拉酱汁调好放在旁边，再去冷藏室拿好水果、酸奶、餐巾纸。甜点和面包由甜点部负责，你不用管。到了十一点整，所有午餐必须全部准备到位，厨师们会在十一点半下去用餐，行政人员会在十二点用餐，因此你必须预留足够的食物，不要让别人来了没得吃。"

大气不敢喘一口的我，一个字不差地听完海永姐姐的话，努力地把所有时间点都记在脑子里。然后下楼去员工食堂，打开我的宝贝冰箱，审视着我的宝藏，惊喜地发现，竟然多了不少食材呢！原来在每天晚上晚餐结束后，大家都会将一些不用的食材打包好，放在员工冰箱里，包括之前我摘沙拉叶时，仅摘取叶片最美的部分供给客人吃，剩下的部分就是我们自己的员工餐沙拉了。主菜有时选取卷心菜最中心的叶片，外层的叶片也会成为员工餐食材。当然，也会有专门为员工餐准备的鱼、肉，以及薯条等冷冻半成品。海永姐姐告诉我，这个冰箱里的东西就归我管了。这句话听起来就像是被任命的新头领，统领了千军万马一样。而事实上，我直到现在都不知道，这间餐厅究竟是不是通过这样的方式来培养一个厨师快速成长的，这给予了我莫大的信任。

厚着脸皮来说，我其实是一个蛮有责任心的家伙，无论是在职场上还是在生活中，无论是不是我的责任，我总是没法拒绝地独自承担着。可能是骨子里的倔强，不想辜负别人的希望，也不想对不住别人的信任，所以，对于哪怕是有一点超出自己能力范围的责任，也说不出一个"不"字，只有尽最大的努力去做好。也许就是这种倔强的力量，让我亦步亦趋地从一个厨房小白成长为无所畏惧的厨房斗士。

在变身为员工食堂孙阿姨之后，如何喂饱、喂好这群米其林三星厨师的难题，成了让我每天寝食难安、夜不能寐的心事。每天晚上下班前，在做完清洁后，换衣服之前，我还会去员工食堂的宝贝冰箱里查看，把不能用的食材倒掉，把需要合并的食材整理好，把需要进一步处理的食材处理一下，以减轻第二天的工作量，并每天用小本子写下第二天的菜品搭配。次日上班，完成例行的食材整理工作后，我就会以百米冲刺的速度冲向我的宝贝冰箱，按照昨晚想好的菜谱，马不停蹄地洗手为厨师们做汤羹。

想要喂饱这群闪闪发光的米其林厨师们，除了是对脑力的极大挑战——要根据用餐的员工数准备大量的食材，按照要求的品种和数量设计菜品，同时，也是对体力的巨大挑战。

尽管我已在每天的备餐、出菜和清洁工作中基本耗尽体力，但还需要腾出更多的精力分配到员工餐制作中——每天都有大量的食材需要搬运，有时是两大筐蔬菜，有时是两大盆牛肉，甚至是用于烹饪这么大量食材的巨大铜锅。

对于独自制作员工餐的我来说，为了加快制作速度，赶在时间点完成，必须开足四个炉灶同时烹饪，强壮的年轻小伙可能一次能拎两口铜锅上来，而我则需要上下楼梯跑四趟，因为按我当时能被风吹倒的体重和力气，一次只能搬一口铜锅上楼。在我搬到第四口铜锅的时候，已经要扶着墙在楼梯上喘几口气才可以继续了。

接着是迅速切菜、洗菜，还有烹饪。因为用餐人数实在太多，每只巨大的铜锅里也堆着满满的食材，在这四口满到边边的大铜锅里炒

※ 我每天一顿要做的员工餐中的四分之一

菜也是一件很困难的事，有时最里面的锅即使伸着胳膊也难以翻得均匀。于是，厨房里出现了这样一幕：一个小个子女厨师踮着脚，以至于脚后跟完全从鞋子中露了出来，伸长了胳膊够着远处的锅。有一次，主厨路过看见我这狼狈不堪的样子，和我说，下次给我准备一个小板凳。然而，直到我离开这家餐厅，也没有见到小板凳的影子。

法国人是有多爱吃 Béchamel（白酱），差不多每天都要制作几公斤的白酱作为基础酱汁备用。而在员工食堂里，后厨们对酱汁又是多么重视，可以容忍员工餐的蔬菜叶片有一点焦黄，但绝对不能允许酱汁有一丁点调味的差错——即使是员工餐的白酱，也必须在制作完后，给分管员工餐的副主厨品尝试味，合格后才可以继续完成下面的制作过程。

为了在三个小时的员工餐制作时间内完成如此大量的不同菜品，在菜单的设计上，需要尽量多用烤箱，因为在把食材塞进烤箱的同时，就可以进行其他的操作步骤了。然而，不要忘了啊，我在忙着做员工餐的同时，厨房里其他同事也在忙着日常的备餐，而客人菜单中的菜品也有很多需要用到烤箱，有时需要低温烤制数个小时。因此，我需要和正常备餐的同事商量，见缝插针地使用烤箱。对于其他同事乃至整间餐厅来说，给客人的备餐自然是优先级最高的；但是对于我来说，两项工作一样重要。每天午餐和晚餐的出菜是天塌下来都必须要完成准备工作的，而每天两餐的员工餐，如果出现失误，让包括主厨在内的厨师们吃了一顿糟心的员工餐，就可能立刻像来上班的第一天那样没有前奏，可以直接卷铺盖回家了。

我的处女座强迫症在这间厨房里不仅没有治好，反而越发严重了，大抵也是"得益于"这段做员工餐的日子，精神上常常保持高度的紧张，为了避免出现意外，几乎无时无刻不在强迫性地确认每一项程序，时间、进度，多路并发的操作进程也是随时随地需要灵活调整的。这种强迫症状一直延续到现在，每一次的活动，我都会非常紧张地确认每一项准备事项，虽然知道有时失误在所难免，但还是尽力确认每一个细节，这可以极大地降低失误的可能。在做菜这件事上，在米其林三星厨房养成的随时随地反复确认的强迫症大概是无法治愈的职业病了。

这件给予我最大限度自由的工作，也给我带来了巨大的压力。因为每天中午主厨Yannick都会和所有员工一起在员工食堂用餐，所有的人都会吃到我做的员工餐，如果出了问题，那没有任何可以逃避和推脱的理由，全部由我一个人承担。

说到失误，就在第一次做员工餐的那天。好不容易慌慌忙忙地做好了满满一架子的午餐之后，由于有些菜品需要放在蒸箱中保温，因此我决定分两批将午餐搬下去。有的托盘中含有汤类的液体，因此一次只能搬运一个托盘，小心翼翼地走下去送进保温槽，如此一趟一趟地搬运。还要从冰箱里拿出酸奶、布丁，再去冷藏室摆好一个果篮，细到餐巾纸、沙拉酱里的勺子、每一道菜的勺子、夹子摆放成方便拿取的角度，所有的细节都需要处理完美，随时可以迎接主厨的到来。然后，就在我得意洋洋地跑上楼，查看为十二点（即第二波）用餐人员准备的食物情况时，副主厨（就是上次那位说我"什么都没做"的副主厨）突然出现在我面前，表情严肃地问我："Olivia，你迟了！"我立刻懵了，挂钟的分针刚好指向了十一点零五分。

"楼下全部都准备好了，主厨，我刚刚上楼走慢了。"我心虚地赶紧解释。

"现在几点了？"副主厨问。

"十一点！"我小声地做出了无力的挣扎。

副主厨转身，指着挂钟，问道："几点？现在是十一点零五分，你迟了五分钟！"

"是的，主厨。"理亏的我，选择了放弃抵抗。

对于米其林餐厅里的时间严格要求，我不是没有体会，但我曾以为只有在面对客人的时候，才需要锱铢必较到分钟，甚至是秒。但是，这只是员工餐啊，员工们要到十一点半才下楼吃饭，即使我是在十一点零五分准备好午餐，比要求迟了五分钟，也完全不影响事情的结果。为什么对一个在厨房上班不到一个月、第一天做员工餐的实习生要求这样苛刻呢？

委屈、难堪、想要退缩，内心百感交集，满心以为自己已经拼尽全力去做一件事，结果还是失误了。这么多天来，倔强的心里一直绷着的弦，在那一瞬间，差点断掉。然而，这就是真实的米其林厨房，这就是真实的人生，对所有的事情都苛刻到极致。等到终于适应了这种苛刻、这种不讲情面的训练，最终将带领自己来到一个从未想象过的高度。

中华料理与法餐的狭路相逢

在没有接手做员工餐的工作之前，我对于食堂的员工餐其实是有一点嫌弃的，就像是在学校上学时，总是会嫌弃食堂一样。由于口味上存在的差异，因此在我看来，员工餐基本上就是不精致的家常法式大锅饭。土豆、扁豆、烩饭、意大利面和饺子垄断了主食。对于我的中国胃来说，这样的员工餐吃久了，总觉得食之无味，哪怕是来一份蛋炒饭也是极好的啊。

终于，有一天我问海永姐姐，我想做一些中国风味的员工餐给大家吃，比如葱油饼，不知道行不行。海永姐姐说："当然，你想做什么都可以，只要让大家吃饱就行。"得到了鼓励的我，回家后，拿出小本本测算，如果明天给大家做葱油饼需要多少食材和时间。然而，经过测算后发现，如果将葱油饼作为明天的主食，我可能需要在三个小时的时间里，为约一百人份的饼而和面、切葱花，而为了烤熟这些饼，需要非常大的空间，但同时，我又需要争分夺秒地准备其他更多的员工餐主菜。看来，用中式葱油饼收买人心的小算盘是要落空了。

不过，我并不是一个容易放弃的小厨师，这种在蓝带的教室里制作中华料理的念头仍然时不时窜上我的心头。于是，有一天，我将花雕酒、生抽、老抽、八角、花椒、冰糖带进了餐厅的后厨，准备找机会一展中华料理的魅力，其实，这一切都是出于实在是太想在员工餐里吃到中餐的私心。

当我打开宝贝冰箱，发现了剩下的已经煎熟但是却没有用的和牛。这样的和牛，如果经过员工餐里的二次烹饪，已经没有什么意义。我灵光一现，终于有机会了——今天咱们就吃中式红烧土豆牛肉。

于是，那天就在员工餐备餐区出现了这样的场景：完全是中国餐馆的标准配置。当我郑重其事地将中式调料们整齐地摆放在操作台上，急匆匆路过的厨师们无一不发出各种感叹词。最认真的要数和我在一个区域工作的荷兰小哥Crutis了，他掏出手机对着花雕酒和生抽拍照不说，还拉着我询问是什么东西。接着，这个可爱的大男孩一本正经地拿起勺子，小心地拧开瓶子，从每只瓶子倒出一点调料仔细地品尝起来。我在旁边看着他细微的表情变化觉得好笑，又不得不提醒他，喝花雕酒是会喝醉的！

那一天，这间餐厅的员工餐上首次出现了中餐，红烧土豆牛肉被瓜分光，到最后只剩汤汁。看来，米其林三星的厨师也是很爱重口味的。

我因此受到了鼓舞，在当天查看员工餐食材的时候，又惊喜地发现了两盒珍珠鸡腿！这算得上大家喜闻乐见的好食材了。于是，立刻定好了第二天要做中式酱油烤鸡腿的计划。

为了让鸡腿更好吃，当晚在大家都回家后，楼上只剩下洗碗小哥在做收尾的工作。我一个人在空荡荡的员工餐厅里腌鸡腿、密封、放冰箱冷藏，确认其他菜品，并确认明天要做的酱汁调料是否够用。之后，心怀希望地开心回家了，期待着第二天的到来。

第二天，终于开始做员工餐啦！咦，我什么时候变成这样了？带着欢呼雀跃的心情来做员工餐？我大概是给自己的心理暗示做到了极致，才会对这样的试炼产生了奇怪的好感。

我拿着酱汁锅，在锅中咕嘟咕嘟地熬着酱汁，并小心翼翼地看着，生怕一不留神就把酱汁熬干了。路过的厨师们都装作不经意但又十分好奇地瞄过来。有人提醒我："Olivia，你是在做员工餐，不是做今天的套餐哦。"我笑了一下，心里想着，您的言下之意是不是，员工餐能吃就行了，不用花这么多心思，也不用这么认真啊？

接着，又有人路过，甩下一句："Olivia，你在做什么？不会把我们都吃生病了吧？"他是在开玩笑还是认真的？我真的有点不安了，他们不会真的因为吃不惯中式调料而生病吧？不过，毕竟我是一个倔强的人。

我就是想熬一锅厚厚的、浓油赤酱的中式酱汁，抹在腌过的珍

※ 米其林三星后厨的中华料理

珠鸡腿上，放进烤箱，烤到表皮焦化。将这么一盆诱人的鸡腿摆上保温槽，我想象着大家将鸡腿夹到自己的盘子中，一口咬下去，嘴唇上沾满了油亮的酱汁，鸡腿中的肉汁几乎顺着嘴角流下来。再轻轻地咀嚼滑嫩的鸡腿肉，把鸡腿啃得干干净净。最后掰下一块法棍，蘸着盘子里滴落的酱汁和肉汁，一口送进嘴里的满足洋溢在脸上。我就是想看到大家在员工餐的餐桌上啃这只鸡腿啃到意犹未尽的神情呢！

对于这场景的想象，促使我无视大家的好奇与议论，坚持着完成今天特别的员工餐。这时，最善良可爱的荷兰小哥 Crutis 挪到我旁边，伸出勺子从锅里盛了一点酱汁，一边尝一边认真地看着我问道："Olivia，你是带着爱在给我们做菜吃吧！"

你们可以想象到我当时内心的激动吗？简直比主厨表扬我在晚宴上的表现时还要激动，这是一句完全说到了我心里的话，它是我内心深处的原动力，也是对我最大的理解和认可。那一瞬间，差点爱上这个可爱的男孩。

那天中午，午餐时间开始后，我正在楼上回温给十二点第二拨的行政人员午餐。突然，副主厨抓着那只盛放鸡腿的空盒子从楼下冲上来，老远就喊起来："Olivia，鸡腿还有吗？""抱歉，只有这么多了，我的冰箱里只有这么多鸡腿，我全都拿下去了。"我解释道，副主厨失望地站在楼梯口，转身返回楼下。

紧跟着，我也拿着剩下的午餐，下楼布置第二拨午餐，路上遇到那个嫌弃我迟了五分钟的副主厨。意外的是，他竟然在和我擦肩而过时，对我说了一句："鸡腿很不错，Olivia！"

天啊，这是他第一次表扬我！看来他们都很喜欢我的中式酱汁

※ 同事拍的食堂打饭孙阿姨(不抖勺的孙阿姨)

啊,简直太棒了!我脚步轻快地走进了餐厅,那两只盛放鸡腿的盒子已经空空如也,一丁点肉渣也没给我剩下,简直太好了!于是,我顺手拿起一块法棍,掰下一块,蘸了蘸盒子里的酱汁,放进嘴里,真好吃!

第二天,不知道是不是为了弥补我珍珠鸡腿做得不够的遗憾,我的宝贝冰箱里多了整整两大包鸡胸肉。好吧,这种奖赏我欣然接受,就让我带着爱,把这些食材做成好吃的员工餐与你们分享吧。

于是,我将花了一晚上时间腌制的鸡胸肉卷成鸡胸卷,低温慢煮后煎焦表皮。在我做的时候,路过的厨师们开始顺手牵羊地从盘子里偷吃。午餐过后,我整理剩下的鸡胸肉,日本副主厨 Taichi 从我身旁路过,又顺手从盒子里抓了两块肉扔进嘴里,并对我说,午餐吃得很好,谢谢你!

就这样,每一次得到正面的反馈,我都像是获得了极大的鼓舞,每天早晨我都不再是像刚开始的那两天似的,脚步沉重、内心抗拒地走进厨房,而是带着满满的热情和期待轻快地走进员工食堂,打开我的宝贝冰箱,在心里对自己说:加油,Olivia,今天也带着爱喂饱这群米其林三星的厨师吧!

第 五 节
厨房里的小秘密与好时光

▌不能说的后厨秘密

相信很多喜欢美食的人应该都看过一部电影——《料理鼠王》。影片的主角是一只具有料理天赋的老鼠,误闯了米其林餐厅的后厨,帮助一位小实习生成就了厨师梦想。

某一天,在巴黎 Ledoyen 这间米其林餐厅里,正在后厨忙碌着备餐的我,眼睁睁地看见了一只小老鼠堂而皇之地从两边冰柜中间的地板上,穿堂而过!

"啊!"惊叫了一声后,立刻意识到了自己的失礼,捂住了嘴,旁边的海永姐姐"嘘"了一声,显然她也已经看见了,而且应该不止

※ 保养得当的银质酱汁小锅

一次，因此她才能如此的淡定。

  我惊慌失措地悄悄问海永姐姐，这个，要紧吗？海永姐姐无奈地耸耸肩。这是没办法的事情，这间餐厅已经存在两百多年了，从第一天开始，地下两层结构的后厨就已经存在。对于巴黎太多的老建筑来说，老鼠是无法避免的，更何况还是充满着极致诱惑的米其林三星的后厨呢，而且因为涉及食品安全，不能使用鼠药，当然，后厨也不太适合养猫。

  仔细想想也有道理，想起之前在新闻里看到的关于治理巴黎的鼠患，以及在我公寓附近的那条将塞纳河一分为二的天鹅小径，即使是白天，也经常可以看到大摇大摆路过的小老鼠。所以，在后厨这么久，第一次看见仓皇逃窜的小老鼠，也似乎合情合理。

  想象一下，如果不是后厨里每天变态的清洁打扫，不是那么严格的处理厨余的规章制度，以及每一位厨师对自己经手的食材和操作流程的责任心，爬到灶台上做菜的可能早就是这些鼠小弟了。

  说到食品安全和卫生，不得不说，除了每天要上蹿下跳地把所有油污、垃圾和死角清洁完毕，厨师们还要对使用的工具

※ 战斗过的员工食堂

进行消毒。到这里后我才知道，砧板是每天晚上用消毒水隔着湿纸巾一层层码起来消毒的。

我们在备餐工作结束的间隙，还会被安排去楼下负二层初步处理食材的房间打扫卫生。身为一个有洁癖的处女座，也可以做到面不改色淡定地掀开下水道的金属网，掏出下水道口集结的臭鱼烂虾垃圾，用厨房纸包住扔掉。

当然，所有餐具的清洁和消毒都由服务团队负责，甚至每一位服务生还需要护理银质刀叉和贵重的餐具，全部用专用的清洁剂清洁、消毒，再用干净的布擦干。所有的酒杯和醒酒器，侍酒师团队也必须亲自清洗、消毒，擦到闪闪发亮，找不到一丁点指纹和灰尘。

在这间充满着黑暗中世纪地窖即视感的地下厨房中，所有你可能会想到的卫生隐患，都会被日复一日地清理干净，没有一丝懈怠。如今，当我坐在电脑前写下这篇文字的同时，我的前同事们仍然还在毫无怨言地像我当初一样，满怀着对厨房的爱做着这样的工作。

在后厨的时间长了，披星戴月地早出晚归，终日不见阳光，再加上极大的压力和充满噪声的环境，难怪最近有报道说，在法国最苦的职业就是法餐大厨。

▎闪着光的温情时刻

在厨房，苦中作乐的我们也还是有很多温情的时刻的。

有一天，我可能是因为过度疲劳而导致免疫力下降，身上突然起了一块一块的红疹子，但是，作为一个刚刚来上班的小实习生，怎么好意思提出要请假。我可不想让别人认为我有娇气的公主病，所以在查看了一下脸上没有疹子之后（毕竟我还是注意个人形象的），坚持去餐厅上班了。

在中午吃员工餐的时候，海永姐姐发现了我脖子上露出的红疹子，立刻问我这是怎么了。我说我是过敏体质，大概是吃了什么东西引起过敏了。海永姐姐让我要小心饮食，说过敏是很严重的问题。吃完午餐回去备餐的时候，我正在忙着手里的工作，海永姐姐悄悄走到我身边，帮我拿下头上的帽子，和我说："Olivia，你放假了，回家休息几小时吧，晚上五点半再过来。"哎？主动给我放假，奇怪的责任心促使我说出了违心的话："不用，我没事的，这些工作还没做完呢。"海永姐姐笑着说："不不不，你有事，你生病了，回去休息！剩下的我来做。"说完，她拍拍我的胳膊，让我快去换衣服。

这偷来的几个小时简直让我受宠若惊得不知道该如何度过，从餐厅坐公交车回家大概需要半小时，剩下的时间还可以睡两个小时。换好衣服从地下的厨房走上地面的那一刻，阳光刺眼，适应了好一阵子的我，呆呆地坐在餐厅背后草坪边的椅子上，就这么伸直了腿，呆坐着，眯着眼，整个人沐浴在阳光里，那一刻的感觉好温暖。经历过长久黑暗的地下后厨生活，突然觉得阳光是如此美好的一件事。

晚上上班的时候，为了感谢海永姐姐的照顾，我为她精心准备了从家乡带来的茶叶，放在袋子里，写着："给海永姐姐，愿你的内心始终充满阳光！"署名是我在蓝带中级阶段的长腿主厨给我起的绰号：petit soleil（小太阳）。我悄悄地把纸袋挂在了更衣间海永姐姐的柜门上，换好衣服，加入晚上的战斗。当天晚上结束了工作，海永姐姐让我提前回去休息，临走时，看着仍然挂在柜门上的纸袋，想起海永姐姐有一次和我聊天时说的：她已经四十岁了，没有男朋友，她觉得很孤单……心里突然满满的心疼。

晚上回到家，坐在我堆满了创可贴、消毒水的乱糟糟的桌子旁，突然收到了海永姐姐的短信，长长的一大段文字和表情里，透出小孩子收到礼物一样的开心。

事到如今，也不知道可爱的海永姐姐有没有找到可以让她不再孤独的另一半。我想，几乎把所有时间都献给地下后厨、终日不见阳光的女厨师，牺牲的是整个的青春啊。

在后厨紧张的工作中，可以聊两句的时光都是非常珍贵的片段：刚来上班的时候，大家猜测我的年龄；在我被油烫伤后，意大利副主厨悄悄地问我要不要紧；我还给海永姐姐做过一次出菜前的中式颈椎按摩；因为我够不着上层烤箱，美国小哥曾愿意停下自己手上的活帮助我；午休时间我趴在桌子上睡着后，暖男韩国小哥 Jonghyk 拿出自己的外套盖在我的后背上；下班时在更衣间偶遇一位日本女服务员，我们站在黑暗狭小的更衣间里聊了半个多小时的家长里短，迅速成了好朋友……

这些看起来根本不值一提的小事，在那段时光，成了照亮我一整天的温情时刻。

午休的半小时，作为实习生的我经常也是在工作。偶尔的几次休息，我在厨师服外面套了件羽绒服，端着一杯浓缩咖啡，走出去，坐在门口的草地上，看着协和广场的摩天轮、香榭丽舍大街的圣诞市集大棚，在浅浅的阳光里喝一杯热乎乎的咖啡，这么简单的时刻带给我的幸福感却是如此的强烈。

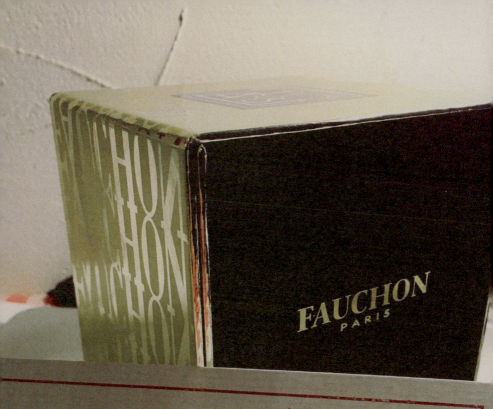

※ 圣诞前夕收到餐厅送的巧克力

第六节
光芒后闪闪的初心

▍经历过巅峰,才更清楚内心的方向

在 Pavillon-Ledoyen 这间巴黎米其林三星餐厅后厨工作的日子,基本上每天只能睡五个小时。一周休息一天,这一天必然是昏迷一样睡到下午起床,吃一顿"丰盛"的中晚餐(主食是饺子或者方便面),然后听听音乐,傍晚去河边走走,回来再继续睡到第二天早晨。

早晨上班时,空荡荡的马路上只有偶尔闪现的清洁车的工作人员。我坐在巴黎最美的公交线路 12 路公交车上,习惯性地坐在右手边的后排,沿着塞纳河边,路过四座桥,以及沐浴在巴黎晨光中的铁塔,看着河岸上流光溢彩的灯光与倒影,天际处一抹玫瑰色的晨曦。这座城市还未苏醒,而我已经带着爱走进了厨房。

紧张地忙碌了一天后,在后厨的更衣间换下混合着调料、酱汁和汗水的厨师服,背上书包,塞上耳机,在夜幕中的小皇宫公交站牌下,斜靠着等待午夜最后一班公交车。

也曾有过一次,因为晚了一些,差点错过了末班车。

那天,我拎着书包慌忙奔向车站,却眼睁睁地看着末班车从我眼前没有停顿就直接开走。那一刻,我的内心充满了委屈和绝望。

然而,上天总是对我格外温柔,已经开到路口的公交车居然在转弯处停了下来!大概是司机从后视镜里看到了狼狈追赶的我,这充

满善意的举动，立刻拯救了我濒临崩溃的内心和疲惫到极限的身体。

公交车开到了大皇宫那一站，刚好赶上一场文艺活动散场，一对老夫妻牵着手上车坐到我的前面。老太太穿着丝袜和平底鞋，外面穿着貂皮大衣，老爷爷穿着复古又合体的西服，绅士般地照顾着老太太，安静地坐在前面一排，看着窗外的铁塔。

在午夜的末班车上，每个人都带着各自的生活和故事，或甜蜜或疲惫，在一天即将结束的时刻登上回家的公交车，不论来自哪个国家、哪个城市，不分肤色和国籍，在这个密闭的空间中，相遇，分开。

所有的时光都和这一段末班车上短暂的相遇时光一样，总有说再见的时刻。

在 Ledoyen 的后厨生活因为家人的意外住院以及留学签证到期而不得不暂停。离开家一年，就算有再大的梦想和野心，也必须在这时放下。我知道，是时候回家了。

有一天，当我和海永姐姐和副主厨提出了辞职回国的打算时，可能是太过突然，大家都没有反应过来，副主厨惊讶得说不出话来。在他得知我不得不离开的原因后，只能和我说："Olivia，我们都看得到这段时间你的进步，你做得很好。你因为家庭的原因而要回国，我可以理解。不要难过，你回到中国也许会有自己的餐厅，你以后在中国也可能会是一名主厨。"

海永姐姐听说了这个消息，还没来得及和我谈心就开始忙碌起来。直到我离开厨房回到我的小窝里，海永姐姐发来一条长长的短信，她称呼我为她的"小太阳"，还说抱歉因为太忙，都没有来得及给我一个拥抱，希望我回国以后可以实现自己的梦想。对于我来说，人生最艰难的时刻并不是经历各种各样的试炼，而是要面对各种场景下的分离，在最好的时候戛然而止说再见，是我要用余生来怀念和铭记的时刻啊。

最后一天的工作，我做得格外认真，内心十分不舍，收尾做清洁的时候，故意放慢了动作，不像以往那样急吼吼地想要赶快做完回家睡觉。那天的动作，就像是灌了铅似的。然而，再怎样拖延，分别的时刻最后还是会到来。我一一和同事们告别，厨房里的小哥们都过来祝福我，有位平时很难见到的在楼下负责鱼案的小哥，坐在操作台上，对我说："听说你要走了，我明天开始休假，回来之后在这里就看不见你了，留个联系方式吧。"于是，拿出手机开始和伙伴们在 Face book 上一一加好友。这些厨师在工作之外，其实都是特别温和可爱的大男生啊！在这样告别的时刻，厨房里的气氛显得格外温暖，要是和平时一样的紧张严肃该有多好，我就不会这么舍不得离开这里了。

想起有一次凶巴巴的法国副主厨和我说："Olivia，你为什么每天都很开心啊？在厨房里不要总是笑，我们是专业的！严肃一点！"说完，还向我特意演示了一下板起来的"扑克脸"。"Oui，chef！（是，主厨！）"我大声地回答。

我每天心里装的都是对厨房和食物的满满的热爱，不管是为来用餐的顾客还是为这些专业又可爱的主厨们，我都是发自内心地想要用尽全部的热情做好料理，带着这样的心情来做菜，就算被训，就算累到两腿发软、两眼发黑，心里也还是忍不住地带着微笑的啊！

最后一天告别快要结束的时候，我来到楼下的员工食堂，拍下了我曾经在这里做过食堂大师傅的档口，遇到了正在拖地的洗碗工大叔。我告诉大叔，明天我就要离开这里了，回到我的祖国——中国。大叔很吃惊，接着他对我立出了大拇指，告诉我，他觉得我很棒！

※（上）每于早晨上班下车时小皇宫边的晨曦　※（下）整座巴黎刚刚苏醒

※ 清晨亚历山大三世桥边的雕塑

※ 半夜下班时小皇宫门口的灯光照亮回家的路

※ 我最亲爱最想念的餐厅同事们

那一刻，拼命忍住的眼泪终于掉了出来。平时和洗碗大叔也没什么交集，只是在做员工餐的时候偶尔说几句话，没想到他居然对我这个新来的小实习生留下了很好的印象。

可能是，有一次，我眼看着牛排要被大家瓜分光，立刻拿来几只盘子，帮他们洗碗工团队留下几片牛排。

也可能是，有一次，一位洗碗小哥在用完员工餐后跑来和我说，他觉得当天员工餐里的煮扁豆没法吃，因为里面放了培根，而他们是不吃猪肉的。万分抱歉之后，才明白自己的考虑不周全，特意在下一次做员工餐之前问副主厨："这道菜里有猪肉，不要紧吗？有的人不吃猪肉。"

副主厨说："不要紧。"

可是，我的脑海里就是没法忘记那位洗碗小哥和我说不吃猪肉时充满失望的眼神。于是，我自作主张地将煎好的培根切碎放在单独的一个盆里，需要的人可以自行加到扁豆中；不吃猪肉的人，就直接吃扁豆就可以了。

也许就是这些微不足道的小小的善意举动，让洗碗大叔看在眼里，并给我打上了一个"好人"的标记吧。能被主厨认可，我当然开心，但是能被洗碗大叔记住，我也是结结实实地被感动到了呢。

在这个厨房里，我学到了一样很重要的东西——尊重。尊重每一样食材、每一道流程、每一位客人，以及每一位付出劳动的员工，这才是一个餐饮业顶尖餐厅的后厨该有的样子啊！

就这样，这一段疯狂又珍贵的在巴黎米其林三星餐厅的实习生活结束了，这一段人生的经历成了我永生难忘的回忆，它带给我的，不仅仅是厨房里专业领域的成长，更是让我通过料理去认识更宽阔的世界，并让我更加热爱这个世界。

经历过餐饮巅峰的厨房，才能更清楚自己内心的方向。我经历过在蓝带专业厨艺学院的系统学习，又经历过在米其林三星厨房里的严苛试炼，跟随前辈和法餐大厨们的脚步，在专业厨房里努力地学习、吸收、思考、实践。一扇又一扇新世界的大门向我敞开，我就像是个掉进了糖果屋里的幸福小孩。这一路走来，那些看过和吃过的感动人心的料理，那些见过和经历过的厨房里的日日夜夜，料理人对待食材和客户的诚意，甚至是更远处的食材采集者、种植者和饲养者，所有这些不可或缺的环节，每个角色都带着满满的热爱去从事自己领域内的工作，最终呈现给食客的才会是这些或华丽或质朴的感动人心的一餐。

在巴黎的这场姗姗来迟的厨艺修行，一路过关斩将、披荆斩棘，一一实现了最初的梦想，人生对我真的太好了。从辞职信提交的那一刻，不顾一切地奔向那光明，而那光明，竟是这样美好的世界。就像是给米其林厨师们做员工餐一样，我清楚地知道，我希望我做的料理可以传递出温暖的味道，可以通过食物抚慰人心，这才是我的内心深处最想要实现的梦想。

▌在巴黎的最后一周

离开巴黎前的一周，除了要解除公寓合约、宽带网络合约，还要处理电力、银行等各种账户的关户。随着一件一件事务的取消与关闭，我一点一点地关闭着与这座城市紧密的联系。

利用这最后一点时间，我一个人跑遍了我最爱的巴黎的角落，第一次像一个游客一样，想要努力地记住巴黎的每一缕风，每一秒的阳光，窗外闪过的每一幅风景，以及每一种味道。

最后一周，我去了位于 Les Halle 附近的厨具街，在最爱的厨具店选购带回国的锅具。这是一间拥有古老地窖的特别的厨具店，不知道是不是因为在餐厅的地窖后厨里待得太久了，对这种结构的建筑产生了迷恋。在厨具街上众多的厨具店里看过，最终还是决定从这里采购几只我最爱的 Mauviel1830 的铜锅回国。

一进入店内，高大的墙壁上挂满了各类铜制厨具，从煮鱼的浮夸长条形铜锅，到小小的可丽露铜制模具，从煎锅、酒桶到酱汁锅，从华丽的带花纹铜锅，到可以放在电磁炉上加热的新式铜锅，在小厨师的眼里，这儿就是金光闪闪的殿堂。想起在后厨工作室，这么美又这么贵的大型铜锅被用得暗淡得失去了华丽的光泽，心里还是隐隐作痛的。

和老板讨价还价了一番，好心的老板决定帮我把铜锅全部包装好运到我的公寓，这样我就可以直接带回国了。所以在我回国的时候，我的两只最大号旅行箱里装满了刀具和锅具，以至于在戴高乐机场出境时被要求开箱检查。如今，在回国后的活动里，还能见到这些宝贝锅具美丽的身影。

女厨师与从事其他工作的女人最大的区别大概就是，女厨师会把用来买包包、买衣服、买首饰的钱拿去买锅碗瓢盆。即使是在购物天堂的老佛爷和春天百货，也是忍不住地往食品专区跑。面对着琳琅满目的调味料、食材、烹饪工具以及华丽的餐具，眼里大概是冒出了星星，时常流连忘返地徘徊在食品和超市区长达数小时，那种满足感远远超过了抢到一只限量款的香奈儿包包。

※ 认真地选购铜锅

※ 走入地窖一样的厨具店储藏间

某天，当我从刚刚搬进的位于塞纳河边的新公寓走到 Pont de Grenelle 及 Pont de Mirabeau（米拉波桥）时，第一次从这个角度拍下了铁塔。

自此，除去因旅游而不在巴黎的日子，每一天，或晴或雨，或早或晚，我都会在同一个角度拍一张照片。

直到快要离开巴黎的时候，同一个角度的铁塔照片已经有了一百张。我用这种方式记录着我所热爱的巴黎生活。

2016.6.20 PA　　　2016.6.21 PA　　　2016.6.22 PA

2016.6.23 PA　　　2016.6.24 PA　　　2016.6.25 PA

2016.6.26 PA　　　2026.6.27 PA　　　2016.6.28 PA

一不小心来到了米其林三星后厨

第三章 | 欢迎来到米其林三星餐厅后厨

一不小心来到了米其林三星后厨

2016.7.28 PA   2016.7.29 PA   2016.7.

2016.7.31 PA   2016.8.1 PA   2016.8.

2016.8.3 PA   2016.8.4 PA   2016.8.

一不小心来到了米其林三星后厨

2016.8.15 PA   2016.8.16 PA   2016.8.

2016.8.18 PA   2016.8.19 PA   2016.8.

2016.8.21 PA   2016.8.22 PA   2016.8.

第三章 | 欢迎来到米其林三星餐厅后厨   203

2016.8.24 PA   2016.8.25 PA   216.8.26

2016.8.27 PA   2016.8.28 PA   2016.8.29

2016.8.30 PA   2016.8.31 PA   2016.9.1

一不小心来到了米其林三星后厨

2016.9.2PA   2016.9.3PA   2016

2016.9.5PA   2016.9.6PA   2016

2016.9.8PA   2016.9.9PA   2016.

第三章 | 欢迎来到米其林三星餐厅后厨

2016.9.11 PA   2016.9.12 PA   2016.9.13

2016.9.14 PA   2016.9.15 PA   2016.9.16

2016.9.17 PA   2016.9.18 PARI: 2016.9.19

一不小心来到了米其林三星后厨

第三章 ｜ 欢迎来到米其林三星餐厅后厨

2016.9.29 PA　　　2016.9.30 PA　　　2016.10.1

2016.10.2 PA　　　2016.10.3 PA　　　2016.10.4

2016.10.5 PA　　　2016.10.6 PA　　　2016.10.7

巴黎最可爱的一些时刻

某一天,我坐在街边的长椅上,旁边一位老太太也坐了下来,我们就这么怀揣着各自的心事,静静地坐在阳光里。过了一会儿,老太太往我这边靠了靠:"Bonjour(你好)!"就这样,两个从没有过交集,以后也可能不会再有交集的人就在塞纳河边的长椅上聊起天来。老太太是斯特拉斯堡人,年轻的时候和先生一起来巴黎。虽然不能完全理解老太太说得太快的法语,但是我知道,在那一时刻,我只需要静静地听她的故事就好了。就这样,我们愉快地谈了很久,从家里聊到美食,再聊到我的故事。不知道的人,大概会以为我们是相识已久的好朋友吧。鸽子在我们的脚边不紧不慢地找着面包渣,那个下午,很温暖。

一不小心来到了米其林三星后厨

　　有一天晚上,我从外面办完事回来,背了一大包买回来的东西,路过卢浮宫侧面的一个小院子,这是我没有来过的一个很安静的四方形的院子,穿过去就到了利沃里大街。我走到院子正中心的喷泉那里,抬头后看到如水的月光清冷地洒在四周博物馆的屋顶上,当下就决定在这里待一会儿。我坐在喷泉水池的边上,拎着大袋子,静静地坐着,向四周张望。突然,有一个小兄弟,拎着一大串像是从小商品市场批发来的铁塔钥匙扣之类的旅游纪念品,

朝我走来。我心想,不好,要被当成游客了。我向周围看了看,没有什么人,内心突然有点紧张。小兄弟问我要不要铁塔钥匙扣,我客气地答复,不用了,谢谢。小兄弟突然咧开嘴笑了,问:"Parisien(巴黎人)?"我下意识地答"是"。于是,小兄弟拎着一大串叮叮当当地转身走了。只答了一句话,就被当作巴黎人了?看来,每天浸润在这座城市的柴米油盐里,竟在不知不觉中带有这座城市的气质了。

一不小心来到了米其林三星后厨

还有，那些坐在塞纳河堤上，看着近在咫尺的巴黎圣母院，从背后万丈金光的下午时光，一直坐到七彩晚霞笼上塔尖，再到四周暗下来，华灯初上的夜幕降临；坐在《盗梦空间》电影中折叠的那座桥旁的码头上，等着看两列相向交错驶过的地铁，在夜幕中，轰隆隆地相遇，车窗的灯光快速划过一条光线，再分别消失在桥的两端。

一不小心来到了米其林三星后厨

每一个难忘的瞬间就像电影情节一样,一幕幕深深地印刻在我的心里。直到如今,回忆起这些画面来,仍然鲜活真实,历历在目。

离开巴黎的时候是冬天。有一天,又一次经过实习的餐厅,隐约地看见服务生在宴会厅忙碌。再一次坐在那段日子里等末班车的公交站台,阳光斜斜地照下来,远处的铁塔亘古不变地伫立着。一切都没有变,而我要离开了,想到这里,心里隐隐作痛。原本以为在巴黎的时光仅有一年而已,离开的时候更应该是归心似箭,没想到,竟然如此难舍难分。我想,巴黎大概真的是已经融入了我的灵魂深处,就像海明威写的:"如果你够幸运,在年轻时待过巴黎,那么巴黎将永远跟着你,因为巴黎是一席流动的飨宴。"

※ 黄昏中的铁塔

• CHAPTER 4 •

第 四 章

暂别这一席流动的盛宴

再一次经过一万两千公里的飞行，再一次追上了七小时的时差，我终于从这一年巴黎的玫瑰梦想中醒来，回家了，回归家庭，回到我原有的位置。

一切好像都还和以前一样，又好像不一样了。回到家的那天，我的小宝贝还在睡觉，轻轻地打开门，看见小小的手上绑着打点滴用的小板子时，所有的情绪在一瞬间迸发。我托着小宝贝还挂着留置针的小手，在她的耳边轻轻说："宝贝，妈妈回来了。"

小宝贝醒了，扭过头，看了我一眼。在经历这么多个分离的日日夜夜后，她看了看我，扭头看着窗外，对我说了回来后的第一句话："妈妈，你看外面那个红灯又亮了。"没有忍住的我，摸摸她的头，松开手，到了客厅后狠狠地哭了出来，然后赶紧擦擦决堤的眼泪，回到了小宝贝的身边。

在接下来的日子里，一边照顾着小宝贝的日常起居，弥补着亏欠的成长时光，一边思考着未来要如何将梦想落地。

▎Olivia's table——一餐一世界

对我们这座二线城市来说，事实上并没有什么法餐，甚至整个西餐市场都远远没有发展起来。在这里生活的人们，对于法餐、西餐的理解相对于北上广等一线城市来说，还是要滞后一些。刚回国的时候，信心满满得恨不得把巴黎所有的美食种类都带回来做给大家吃。可是，第一次给家里人做了一顿丰盛法餐后就碰了一鼻子灰——老爸觉得牛排太生，蟹肉牛油果沙拉的口味需要再适应一下。总之，当传统中国胃遇到了法餐，还需要一个磨合的过程。

8.5./18:00
六安路與淮河路交口郵電大廈一樓
巴黎歸來、夢想歸來
女主廚的餐桌·夏日香氣
more than salad.
Opened sandwich with apple, mozzarella cheese
Garlic shrimp with basic oil
Salmon salad with passion fruit vinegrette

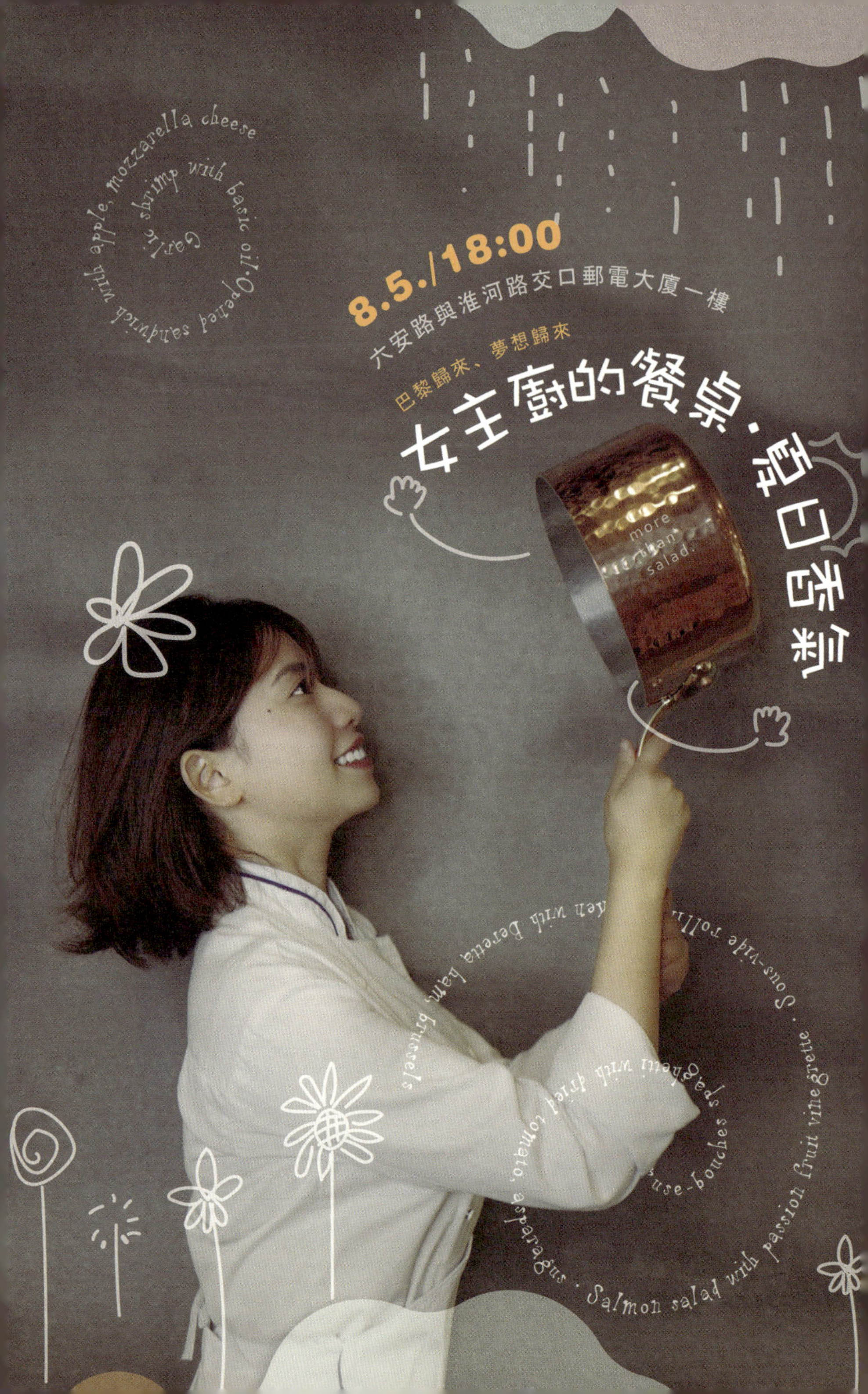

冷静下来之后，仔细地反思了一下，确实，中餐和法餐从根本上其实是完全不同的体系，从美食文化背景到评价标准都是完全不同的。咱们中餐讲究的是整体和统一的口味，一盘一味，一道菜有一个整体的印象，比如鲜香软糯、浓油赤酱，依赖的是经验和技术。而法餐讲究的是口味有层次，从烹饪、调味、搭配、摆盘这几个方面来评价，需要的是知识、技能，还有创新精神。

如何找到平衡点，做出让中国胃适应的法餐？在经历了这么多之后，我需要做出什么样的食物给朋友们吃？这些都是我在照顾小宝贝起居之外的时间里不停思考的问题。

于是，每天清晨，我都和小区里的阿姨、阿婆们一起去附近的菜市场买食材。那里和巴黎市集一样品种丰富，和她们一起买菜的好处就是，可以向她们请教如何挑选每一样蔬菜，跟着她们扎堆抢购农户自己家里种的有机蔬菜，跟着她们分享农户自己家里养了一年的猪五花，在角落里找到一筐一小时前刚刚从草莓种植户地里摘下的草莓。无论是在巴黎还是合肥，都要从新鲜的菜市场购买本地产的最新鲜最天然的食材。为了寻找风味纯正的天然香草，驱车一百二十多公里，去郊外带回八盆不同的香草，并用所学的料理手法做出美味的料理，这才是我最想要分享的事情啊。

很多人说起法餐，总觉得非常高冷和遥远，甚至还有人对于法餐有着很深的误解，可能是因为有过一次不正宗的、只模仿法餐的外表，却缺乏内在逻辑的糟糕用餐体验。对于食材和烹饪手法甚至是背景的不了解，而破坏了本该很有趣的第一印象，从此提起法餐就会产生种种不适，就像我也曾经道听途说地对奶酪有过很深的误解一样。

很多时候，一个人最固执的部分就是他的味蕾，然而，味蕾和人生一样，也是需要通过一些美好的体验，或是充满情感的经历，去不断地扩展和延伸，不断地刷新与接受，才能体会到美食与人生的乐趣。

　　我想要创造一个餐桌，在这里，陌生的人们可以坐在一起，通过认识在这一餐中所要吃到的食材、烹饪方法，以及这背后的道理和逻辑，能够知道我们吃的是什么、我们为什么要这样吃。带着这样的理解，在这个餐桌上用餐时，我们不谈生意、不聊八卦，只是围绕着食物，围绕着情感，围绕着人生的体验，将焦点聚焦到食物本身，专心、愉快并且清晰地用餐与交流。在结束这一场用餐后，从内心到舌尖都可以得到滋养与丰富，真正感受到对餐桌的喜爱、对生活的热爱。可以将这种认真吃饭的态度带回到生活中，对于以前可能视而不见的食物更加用心，让自己和家人都可以吃得更快乐、更健康。

　　于是，我开始尝试策划一个系列餐桌活动——Olivia's table，根据不同的季节、不同的地点，使用当季最好的食材，制作不同主题的晚餐，每次 12 个席位。我曾在本地的轻食店、艺术馆、北京四合院尝试过几场不同主题、不同类型的晚餐，甚至是在合肥近郊的小团山农庄进行过一次户外的晚宴，使用从山上采摘的最新鲜的食材，稻田里刚刚长成的稻间鸭，漫山遍野的薄荷和紫苏，以及在户外的砖石结构烤炉。我和我的小伙伴们，希望通过这样的尝试，探寻人与自然、自然与食材，以及食材与烹饪之间的关系，并希望能尝试一些真正健康自然的餐桌文化。

▌小团山的秋林夜宴

小团山秋林中的一场大雨,一块刚刚从烤炉中拿出来的带着木材灰烬余味的比萨,一碗清澈温暖的松茸黄金汤,一口焦脆鲜香的油封鸭腿,一团飘着仙气的解构蒙布朗,这一餐饭、这一时刻,可能成了所有参与这次 Olivia's table 的食客们在这个秋天最值得记住的一个夜晚……

很多人问我,为什么选择在小团山做这场活动?

第一次去小团山,是为了寻找可以用于料理中的香草。当看到小团山漫山遍野自由生长的薄荷、百里香、迷迭香、罗勒……当小团山的延铎带着我,从脚下摘几片紫苏,在下一个山坡拽一株甜叶菊,绕开几棵树,跨过几条小沟伸手摘一片甜薰衣草的叶子……这种餐桌与土地融为一体的亲切,在当下就感动了我。

在巴黎的时候,我的小公寓窗前有一个小小的香草园,然而,香草陆续死掉,离开了土地的百里香、罗勒们挤在小小的花盆中苟且地活着。只要我稍微疏于照顾,让它们在巴黎清冷的风中吹两日,就会被吹成风干香草束。

回国后,我在小团山第一次看到野生香草君们,肆意长高的紫苏开出骄傲的白花,薄荷们几乎无处不在地散发着薄荷脑的气味。我曾试过在家里养了一株从市区一个花园中偶然找到的青紫苏,然而鼻子几乎要贴在叶片上才可以闻到若隐若现的紫苏香气,而小团山土地中的紫苏,只要稍稍靠近就可以闻到飘浮在空气中的芳香醇。

说了很多年的"Farm to Table"(农场到餐桌)餐饮模式始终是星厨们所追求的。制作食物的人,最喜欢的方式就是这种从地里直接

※ 夜宴结束后,大家坐在一起喝酒、聊天、听雨

※ 摘来山中的野花装饰餐桌

※ 野生薄荷直接搬到灶台边随时取用

获取食材，带着生命的气息放入锅中，烹饪出顺应自然法则的食物。吃到的人，应该也可以尝得出这些动植物最美好的滋味，该甜的甜，该酸的酸，闭着眼吃也可以明确地知道吃的是什么。

一群野生厨师在户外砖石烤炉旁生火，从水稻田里赶鸭子上岸，从地里生猛地拔出一棵茴香，在整个夜宴的准备和出餐过程中，需要什么，直接喊：有没有薄荷？我需要多一点迷迭香！罗勒！土鸡有吗？土鸡蛋来十五个！这里可以放一点木炭吗？可以用作保温区……无所不能的小团山小当家延铎就会立刻像哆啦A梦一样变出各种食材，以及各种奇奇怪怪的工具。

▎户外做晚宴难吗？当然！难！

在提前两天上山备料的工作中，我们其实遇到了比想象中更多的困难。

晚宴的用餐场地是在山下的活动中心附近，一个由挑高的白色大棚和高出地面的木头台面独立出的一个与世隔绝的小天地，旁边是一处户外烧烤场地及砖石窑炉。

然而，要做一场有七道菜的晚宴还是需要更多的电器设备，于是，电磁炉、电陶炉（我的铜锅专用，每次活动除了带铜锅还要带炉子）、电烤箱，在一次次测试户外线路之后终于具备了承受多路并发用电量的能力。

不过，最近的冷藏设备是距离操作场地一百米之外活动中心厨房里的冷藏柜，所有的食材在出菜的时候必须随时冷藏保鲜。因此，无所不能的小当家延铎帮我准备了一个可以移动的冰箱，里面全是满满的冰块，临时用作冷藏。所有的备料工作都是在山上的厨房里进行的，在晚宴开始前三个小时，全部食材、工具均搬到山下，小团山的伙伴们一趟趟地用双手捧着一只铸铁锅里滚烫的熬好的高汤一步步走下山，将做好的酱汁、腌好的水果，以及各种食材和工具全部挪下山是多么让人抓狂的工作，然而因为有这群可爱的伙伴才能有条不紊地完成。当然，中间也出了一些意外，比如做好的桃花酿啫喱因为搬下山时没有被及时放进冷藏柜而化成了液体……每一场活动，即使准备得再充分，也总是有着或多或少的意外状况，比如下面这几乎让人崩溃的意外……

本次活动的重头戏，是用砖石窑炉来还原古法的意大利比萨及

　　手工乡村欧包,却在试菜时发现了一条不易察觉的裂缝,导致炉子温度升不上去,于是在晚宴当天下午,面包师 Emma 临时更换方案,改为 Flat bread 和 Pita。在没有条件试菜的情况下,直接出菜让我们觉得自己棒棒的。

　　然而,这个世界上有一个让人闻风丧胆的墨菲定律——怕什么来什么,这真的是人生终极真理。在一周前就看到未来持续的坏天气,一直祈祷着不要下雨、不要下大雨……在晚宴当天上午竟然出了太阳,好天气一直持续到下午,可惜好运气余额不足,且没有事先充值,终于,在晚宴开始前一个小时,下雨了!

　　直到今天,我已经回忆不起在晚宴开始前的一小时到底发生了

※（左）冒着雨在雨棚下忙碌出菜

※（右）用户外砖石结构的烤炉生火

什么，客人们是什么时候来的，因为我的全部注意力都在紧张地准备出菜，以及不断抢救被淋湿的操作区域——操作区域是露天的！虽然之前我们已经准备了三把大的雨棚，然而还是没有办法处理好沿着雨棚滴落的雨滴这种细节……千万不要淋到菜，不要滴到盘子里和锅里。全力抢救菜品的我、Emma 和 Miller，全然不知自己身上已经淋湿，也完全注意不到身边帮忙撑伞的小伙伴们，顾不上和客人们打招呼，大家自动围到操作台边看我们在这样的场景下继续出菜。至今我只记得有谁和我说了一句"雨马上就会停的"。这句话让我努力地平静了下来，和大家一起继续完成一道道菜品的出菜，可是，雨终究没有停，而且越下越大……

※ 在烤炉中用铸铁锅烩蔬菜

※ 炉火边的小铸铁锅

一不小心来到了米其林三星后厨

※（左）正埋头出甜品的我　※（右）在锅中闪着光的烩饭

第四章 | 暂别这一席流动的盛宴　　　　　　　　　　　　　　　　　　　　235

第四章 ｜ 暂别这一席流动的盛宴

※ 前菜摆盘中

意外之外的，完美晚宴

在所有的坏事都来了之后，也就会变得越来越好吧，在熟悉又陌生的紧张气氛中完成了七道菜的出品，即使是下着雨，也要让大家拿到温热的餐盘，吃到用心制作的精致的食物，品尝到在这个雨夜里来自一万公里外的异域风味。

活动结束后，已经回家的客人给我们发来感谢，说晚宴很棒，菜很好吃，环境很美，一切都很好，期待下一次活动，客人的满意能抵得上所有辛苦，也是对我们所有工作人员的奖赏。当然，小团山的大小伙伴们最后站在操作台前，把剩下的边角料、酱汁全部吃光光，这也是对我、Emma 和 Miller 来说，最开心和最有成就感的部分吧！

出完最后一道甜品后，我才发现准备的音箱因为下雨而无法使用，最后在没有背景音乐的氛围中完成了

※（上）仙气飘飘的厨师
※（下）Chef Miller 正在照看炉子中的烩菜

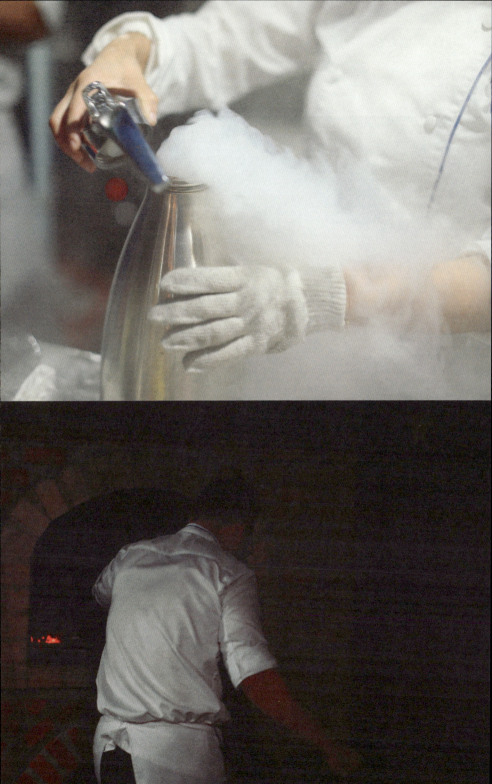

※ Emma 为面包而生的柔软双手在切面包

晚宴。我向前来赴宴的客人致歉,说很抱歉没有顾得上重新准备音箱设备。客人说,完全不需要啊,你听,这雨声多棒!我安静下来一听,果然,周围一片漆黑中,这独立在黑暗中的一片梦幻般的小天地传来层次分明的雨声以及不远处小团山的瀑布声,这简直是最完美的背景音乐了。在这片由灯光、烛火、美味的食物组成的餐桌上,尽管已经很晚,客人们仍在聊着天……晚宴,不知归处,不如不归。

这就是,创立 Olivia's table——一餐一世界,温暖的快闪餐桌这一项目的初心和实践。Olivia's table 想要继续在不同的场景下,通过不同的主题,用不同的食材,为大家呈现我所希望表达的情感和传递的文化,也希望每一位来到这个餐桌的朋友都可以吃其然吃其所以然,每一次活动都希望可以成为大家在当下值得回味的一次美好体验。

※ 可爱的菜单长卷

※（上）设计师大凡设计的Olivia's table的菜单
※（下）山林中的夜宴餐桌

※ 鹅肝酱佐糖渍紫苏叶与蓝莓啫喱

※ 扇贝佐花椰菜泥配玉米椰汁泡沫

※ 烟熏鸭胸肉披萨

※ 热带风味罗勒凤梨汁烤水果

※ 油封鸭腿佐意大利黑醋烩蔬菜配黑米烩饭

※（上）甜点：解构蒙布朗（香芋版）
※（下）户外烤炉出品的手工面包

※ 山林中的一处夜宴全景

后记
关于人生的多种可能

亲爱的 Lisa 宝贝：

当我遇见你，就看见了我此生最美的风景。

宝贝，这一切要从何说起？请原谅妈妈，一直以来，我都想要记录关于你的点点滴滴，但是每天在尽心尽力地照顾你之后，属于我自己的时间已经所剩无几，有的时候筋疲力尽的我在哄睡着你之后也会和你一同沉沉睡去，或者开始为我的梦想而努力。所以，很少用文字的形式记录下你的成长，这可能是第一次，妈妈想用文字对你说一些话。

从你出生的那一刻起，就给了我一个巨大的惊喜。在怀着你的时候，所有人都认为从各种迹象来看，我怀的应该是个男孩。怀孕期间，你陪着妈妈一起经历了一个非常巨大的考验——羊水穿刺。那是我人生中最黑暗的一段时光，没有之一！因为我差点就要和你——我的天使——失之交臂，感谢上帝的眷顾，才让我终于历经艰难迎接你的降临。在产房中，那一声响亮的啼哭之后，你这个可爱的小天使来到了我的身边。

月子里，我的抑郁情绪持续了很长一段时间，以至于，经常看着熟睡的你默默地流眼泪，想着要如何才能把你养大，如何才能不辜负上天赐予我这么美好的天使。幸运的是，我心爱的你一天天地长大，学习的能力、成长的速度完全超出了我的想象，妈妈能做的就是二十四小时不分离的陪伴，随时随地的母乳喂养，给襁褓中的你说话、读书、唱歌，逗你开心，抱着你轻轻地摇晃。那段时光是我最快乐，也是我们最亲密的时光。虽然自从产后，我就再没睡过一个超过八个小时的觉，但是现在看来，睡眠可能是我在一天二十四小时中最不重要的部分了，而最重要的部分当然是对你的陪伴！

爱就是陪伴，这是我在你三岁之前所能尽力给你的最好的礼物。可是，你知道，妈妈以前是个职场妈妈，从生下你后第七个月开始，我就不得不开始上班，而我的工作又是如此繁忙，以至于我经常要加班、应酬、出差。即使我已经牺牲掉几乎99%自己的空闲时间，还是远远没有办法做到给你更多的陪伴。多想能有更多的时间，更优的质量，更好地保护你的成长。

因此，正如你所看到的，妈妈在你三岁的时候，做出了人生中非常重要的决定——我辞职了，放弃了比较丰厚的稳定收入，也放弃了走上更好职场平台的机会。妈妈要为我们的未来做出更多的努力，争取更大的自由，创造更幸福的生活！而在这之前，我们可能需要克服一些不得不面对的困难。我反复地权衡了很久，和漫长的一生相比，和你更加长久的未来相比，我们需要做出的牺牲如果仅仅是一年的分离，那无论怎样都是值得的。

所以，妈妈在三十四岁这一年开始了一段迟来的自我成长与修行，希望能通过我自己亲身的经历和体验告诉你，人生有很多的可能，成长或早或晚，总有一天你会了解自己，也会在心里清晰地形成梦想的雏形，无论来路如何艰难，无论需要用多少时间才可以自由地选择，在人生的任何时候都不要轻易放弃梦想。一旦你为自己的梦想付出持续的努力，就可能会得到比想象中还要好的收获。

此刻，你即将从幼儿园毕业，真正的人生将要开始，有好的时光，就有坏的时光。在以后漫长的学生生涯中，你所面对的可能是有些枯燥的长期的学习，你可能会觉得这不是你想要了解世界的方式，你可能会想要更多的自由，去学习自己喜欢的事情。

不过，人生其实很长，不要着急在很年轻的时候就做出关于人生的重大选择，因为可能在那时你都还不太清楚自己是什么样的。有一天，当你具备了足够的知识和技能储备，当你通过书籍、艺术、美食等方方面面认识了这个世界，在通过自己的思考与世界建立联结后，你会发现自己原来是这样的人啊，原来自己感兴趣的世界、想要的生活是这样的。这时，你就找到了内心真正的方向，就可以坚定地朝着自己想要走的路勇敢而坚韧地走下去。

从你出生起，你要面对的就是一个多元文化并存的世界，随着你的成长，你将要用你稚嫩的双脚亲自丈量这个世界。每一个不同的国家、不同的城市，都是相似又不同的世界。希望你可以在成长的过程中，一直保持着此刻的纯真、勇敢和善良，将来无论是去这世界上的哪个角落，都可以体验到不同的人生，成为一个不停下成长的脚步，并且内心始终丰盈的人。

妈妈

慢得刚刚好的生活与阅读

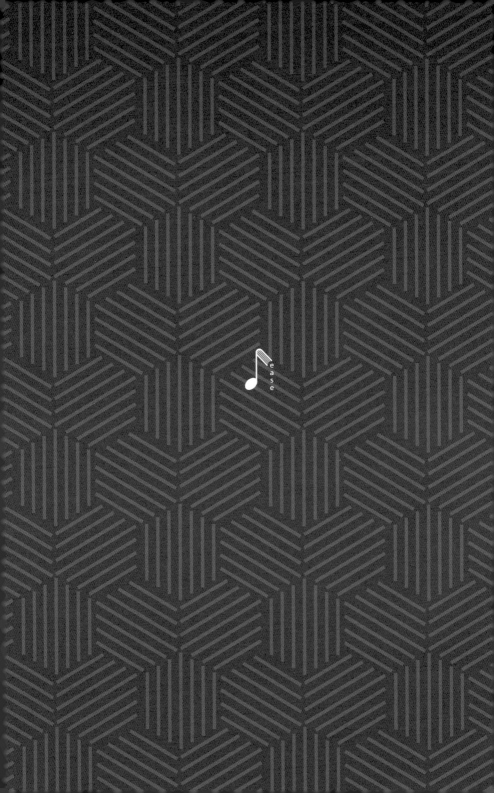